我看到的世界
和你们不一样

眭澔平 著

中国广播电视出版社

CHINA RADIO & TELEVISION PUBLISHING HOUSE

图书在版编目（CIP）数据

我看到的世界和你们不一样 / 眭澔平著．—北京：中国广播电视出版社，2013.3
ISBN 978-7-5043-6708-2

Ⅰ．①我… Ⅱ．①眭… Ⅲ．①游记－作品集－中国－当代 Ⅳ．① I267.4

中国版本图书馆 CIP 数据核字（2012）第 209941 号

我看到的世界和你们不一样

眭澔平　著

责任编辑	陈丹桦
装帧设计	阳光博客

出版发行	中国广播电视出版社
电　话	010-86093580　010-86093583
社　址	北京市西城区真武庙二条 9 号
邮政编码	100045
网　址	www.crtp.com.cn
电子邮箱	crtp8@sina.com

经　销	全国各地新华书店
印　刷	北京荣泰印刷有限公司

开　本	710 毫米×1000 毫米　1/16
字　数	200（千）字
印　张	20
版　次	2013 年 3 月第 1 版　2014 年 7 月第 3 次印刷

书　号	ISBN 978-7-5043-6708-2
定　价	38.00 元

滗平始终保有赤子之心，勇于面对自己的生命，听他细数环游世界的各种奇特又有趣的经历，就像读他的文章一样，是种如沐春风充满愉悦的感觉。

——柏杨

这个年轻人太可爱了，他的文章生动自然，有如一出好戏。

——曹禺

多才多艺，能文能武。睹滗平都市报告文学读后印象——"台湾第一才子书"。

——吴祖光、新凤霞

我认为睹滗平是最会生活的人。他丰富而精彩的人生，乃源于他忠于自己冷静深思后的高贵坚持。

——赵淑侠

浴火的凤凰、跳跃的种子，至死方休。在书里我读到的不止是优美的文字，还有一连串鲜活的图像，排山倒海穿透进我的血脉。

——三毛

三毛未能走过的路，他要去走；三毛未能达致的遗愿，他要去完成。睹滗平放弃高薪，旅游各国，朝夕不忘继三毛"遗志"，但其所得乃为"倾家荡产、自得其乐"而已。

——司马中原

滗平的才华是有目共睹的，他的文笔流畅华丽，内心世界丰富多彩，会填词谱曲，又画得一手好画，唱歌也是功力一流，真不禁让人觉得，天下的好事怎么都让他一个人占尽了？然而这还不是他最好的一部分，澔平最美好的是在于他对人的真诚、念旧，而且他的情感细腻、诚挚。

——张德芬

华人很少能摆脱君臣父子的士大夫观念，但这次搭飞机遇到一人真能平等对待众生，面对外国人、甚至非洲土著人都能沟通，很多人说他是活宝，我却觉得他是国宝，他就是眭澔平。

——王伟忠

澔平先生的游记中简练的笔触、富有亲和力的语言，记下了他的足迹，展现了我们未曾涉足的世界之隅。他是我们华人的骄傲，壮哉铁汉！壮哉澔平！

——杨奕

王国维释"境界"为一种真情表现，拜读这些沾着血泪所出文章，莫不惊其新境、感人肺腑。是皆是真情所至，真情所驱使。从眭澔平先生笔下数篇大文来看，即知其情非得已、不得不尔的心情。

——朱西宁

坊间没有任何一本书和眭澔平的这本书一样：如此神秘、如此珍贵、如此涵盖那么多国家，如此令人爱不释手！

——廖辉英

读眭澔平的文章真的会为他的行笔、文风与开阔又柔软的意境深深着迷，那是一份有如婴儿倾听来自母亲心跳声音般的呼唤，动人心弦。

——张雅琴

在眭澔平奇幻的生命历程里，最吸引我的就是他收放自如的人生哲学。采访完眭澔平的我竟然发现——自己仿佛与年少初始纯真的自我相逢。

——廖慧玲

探险世界就是探索心灵

在过去的 20 年间，我从一名接触时代与社会脉动的专业电视新闻主播记者，到美欧两地攻读硕士与博士学位的求学者，逐渐领略到了读万卷书之外的行万里路处处是鲜活的知识，处处也竟是神秘奇特的未解之谜。回顾往昔，自己已经走访了全球五大洲 180 多个国家了。最后，最耐人寻味的竟是发现：

愈是自助旅行环游世界，愈是感觉到个人的渺小；

愈是看到世界各地的恶，心里也愈是深植着一份谦虚诚挚的善根；

愈是向神秘的外在世界探索一分，就愈向自我内在的心灵世界耕耘一处。

其中最主要的原因就是：人类所居住生存的空间里有太多太多无法解释的现象。地球村奇幻悬疑的人类古文明令人着迷神往，五花八门的民俗文化令人目不暇接，当然还有许多值得我继续去探险、去体验的古今秘境。

或许是因为过去新闻采访第一线的扎实历练以及上学时主修历史的学术背景，我特别喜欢田野调查式的记录归纳和分析探索鲜活生动的史料。此外，我还有累积多年的电视多媒体音像传播制作经验，从拍照摄影、资料采集到民俗收藏，我都自己动手，收集的史料文物分门别类，足足占满了独栋五层楼房的空间。坐拥这些宝贝，我在生活中随时都会自然地撞击出许许多多跨文化、异文明，甚至超越时空宇宙的思想。

当然，的确仍有很多的课题是一直玄奇未解，有些古文明之谜甚至毫无蛛丝马迹可寻。我个人所采取的方法是：直接提起背包去当地旅行。而这放空自己实地亲身探险的体验，让我逐渐对这广袤深邃的研究领域有了一些初步的领略与心得。在这里，我将通过我的书一并与读者诚恳无私的分享。

我知道，以我一己之力的这种自费自助单人旅行探险，肯定还有太多力有未及之处或有待更进一步修正研究的空间。但至少我可以确定一件事：在探寻古文明与世界神秘现象所谓的答案之前，人类必须先完全摒弃自以为登峰造极的现代科技文明，还要把自己从人类现存的知识智慧体系中挣脱出来，重新归零。因为在我们对神秘古文明、原始秘境、奇风异俗的一系列探索中，我们过往所习以为常的大小、远近、轻重、优劣、善恶、好坏等僵化的价值标准都会被全盘颠覆、彻底洗牌。唯有归零才能秉持不抱任何成见的开阔心胸，重新广纳千山百川，并吸收寰宇星际最纯净的正能量，从而得到心灵真正的触动。

尽管多年来我一直一个人单枪匹马环游世界所悉心寻访探索的答案，似乎就像是数学坐标上的一条渐近线，它可能永远不能像、也没有必要像是大家习以为常的直线那样切入坐标点上，给予我们所谓的标准答案，它只可能不断地接近事实的真相。但最可贵也最有意义的一点就是：这个激发我们思考、探索的过程里有允许我们人类驰骋的想象空间，有人类最真纯善美的谦卑纯厚，也有人类从古到今最可贵辉煌的人文精神。

至少，阅读我写的这样一本书的过程本身就是一次最华丽的探险、一次最浪漫的回忆、一次最惊险的世界旅行。欢迎您的加入和分享！

智利复活节岛的神秘巨石像
与全球其他的未解之谜
逐步牵引我进入了古文明探索的世界

目 录/Contents

01 / 我心向世界

早在 1981 年第一次飞向世界，我就开始了自己环球旅行的梦。在过去的 30 年里，我从台湾出发，迄今一共跑了 180 多个国家和地区，脚步遍布世界五大洲和南北极。每到一个地方，我都用心记录拍摄，迄今已经制作汇集了超过 5000 小时的视频影音资料。

我特别期望寻找到一种能够超越语言文化、自然地理隔阂的心灵交流感动。所谓"同一个世界，同一个梦想"，其实就是这样。

把旅行当做修行，正是我的目标。

其实我的旅行，就像是一种修行。每到一个陌生的国度，首先我要面对的便是旅途中的奔波劳苦。比如，1990 年当我首次在埃及参观金字塔古迹区时，当地的温度就超过了 42℃；而 2004 年我在西伯利亚旅行时，温度却是零下 40℃，大风夹杂着冰雪，甚至把我的帽子都吹跑了，害我追了一大段路才捡回来。

当然了，我还要面对各种行程上可能的危险和变数。2001 年，在一次亚马逊河之旅中，我和当地土著一起，乘坐独木舟撒网捕鱼，结果小船漏水，很快就沉入食人鱼出没的河里。幸好，这次事故有惊无险，

▲ 我捉到了一只食人鱼　　　　　　　▲ 脚被烫伤后入院治疗

我们安全地爬到了岸上。

　　但是，2005 年在南印度的一次满月的湿婆神过火节仪式上，我却被人群意外地挤入重新整理的火堆，结果烫伤了脚底，不得不中断旅程入院治疗。

→ 知识点 ←

每年的农历十月十六，在月圆的晚上，印度教教徒将会举行一种特殊的仪式，人们要赤脚走过一个布满炽热火炭的坑，火炭的温度在500℃～800℃，但是从上面走过的人却不会被烫伤。过火仪式在人类历史上已经有数千年之久，一些古老的部族，例如斐济群岛和我国宝岛台湾都有过火的传统。

　　而为了锻炼自己的胆识，我甚至让上万只蜜蜂布满自己毫无衣物防护和药物涂抹的身体。尽管环球旅行危机四伏，我还是乐此不疲，尽可能地以超乎常人的热情和毅力，投身到世界各地的风土人情中，并用摄影机记录下自己的行程。

　　无论身处世界的哪一个角落，我都深深地感到：地球村就是我的家。

▲ 布满自己身体的蜜蜂

　　同时，拥有台大历史学系、英国利兹大学和美国康奈尔大学世界文化史硕博士教育背景的我，非常热衷于对比世界各地文化的异同，不但要自己来亲身体验和当地人进行生活交流；还要把研究感受的结果都用写的、画的、唱的、说的人文方式融入自己的书籍和作品里。

　　在我的文化探险之旅中，既有全世界原始部落的各种风土民情、不同自然环境中的生态动物，也有远古文明遗留下来一连串的未解之谜。比如智利北部和秘鲁南部有很多木乃伊区，过去这里的人认为人在母亲的肚子里是坐着的，所以死的时候也要坐葬，凡此种种都让我逐步拓展了胸襟、大开眼界。

　　除了这种带有学术性质的游历，我最看重的就是怎样把自己彻底融入当地的风土人情中。和普通的观光客有所不同，我从不满足于走马观花式的游览。在我看来，身体力行的学习才是超越语言、文化和地理隔阂的一个有效方法。

　　很多人提到旅行，可能觉得这不过是一堆可以向他人炫耀的数据，比如你去了几个国家，我去了几个地方。我觉得这些不重要，最重要的是你去那个地方的时候，怀着怎样的心情以及以怎样的胸襟气度去和当地人相处——这才是最关键的，也是一个把旅行当修行的行者，最需要做的功课。

我最辛苦的一课，恐怕要数 2004 年在菲律宾的一次旅行。在邦邦牙省的圣彼得镇，有一个叫做古毒的村子。数百年来，村民一直保留着一个传统，就是在复活节前夕挑选信徒，以戏剧的方式，把耶稣受难的过程真人实地地重演一遍。从 1955 年开始，这个仪式使用真正的一体磨成的三寸长钢钉把人钉在十字架上，至今已延续半个世纪之久。

2004 年 4 月 9 日，经过一个多小时的说服，当地人最终同意了我这个首次出现的外国人自愿被钉在架上。我面临对自己勇气的极大挑战，这甚至超过了我在印度过火节时所经历的痛苦和考验。

村民们从来也没想到，会有一个外地人，接纳他们的传统，像成年礼考验勇气和胆识一样，自愿忍受钢钉刺穿手掌心的折磨煎熬。当时，仪式还没有开始，报名的 15 人中就有 3 人因为恐惧而退出了比赛，而另外两人也因为疼痛而引起休克被救护车送往了医院。在近距离拍摄下一个被钉者时，我内心的恐惧难免油然而生，虽然还没轮到自己，但我已是汗如雨下。终于，我还是说服了自己，躺在了十字架上。

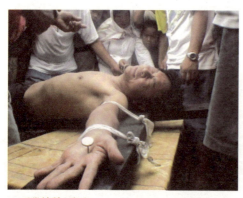

▲ 手掌被敲入钢钉

▲ 被钉在十字架上立在空中

我被钉在十字架上之后，十字架被立起了足足 20 分钟。

坦白说，当时连风吹过来我都非常非常的疼。就在这个时候，救护车来了，我一度以为，是不是因为看到我疼痛的表情，他们要把我送到医院。结果，救护车不是来送我的，而是旁边有两个人看到我被钉，一个人昏倒了，一个人休克了，救护车把他们给送走了。

尽管十字架每一个小小的摇摆都是一次剧烈疼痛的折磨，我却在喧嚣之中体验到了一种奇幻般的宁静，甚至，我开始高声唱起了圣歌。我的镇定表现赢得了当地民众的阵阵喝彩。

▲ 受到英雄般的拥戴

这一刻我忽然发现，原来旅行就是在上课，它给我上的这一课是：人们内心的恐惧，才是我们这一生最大的敌人，而并不是那些外在打击我们、伤害我们的人、事、物。因此在那一刻，其实我非常开心，因为我终于战胜了自己的恐惧。

据说，半个世纪以来，我是唯一亲身体验古毒村这一仪式的外邦人。刚从架上下来的我，受到了全村和所有围观群众英雄般的礼遇。

那一次的考验，给了我更多的思索，也给了我更多的信心去进行接下来的旅行。

到底是谁给了我环球旅行的勇气？

我能够进行环球旅行，与我所选择的职业有着非常紧密的关系。长达 20 多年的大众传媒从业经验使我得到完整的身心历练，并让我在后续的世界文化旅行探险过程中，得以从容地应对将要面临的种种问题。

我一直很庆幸，我的第一份工作是电视新闻的主播和记者，后来延伸做到电视和广播节目的主持。另外，在文学、音乐和戏剧等方面，我也得到了不少的肯定。

这些都对于我未来的旅行，有着非常重要的影响和帮助。我旅行的第一步，便是从空难和山难的现场新闻采访开始的。在 80 年代的台湾传媒界，我

▲ 我做过电视新闻的主播

▲ 我获得台湾"金曲奖"

享有着"首席灾难记者"的美誉。1988 年韩国大选，我和摄影同事被台视派去首尔做现场播报，并获得当年台湾第 23 届"金钟奖"。

除了做记者和节目主持人，我还当过歌手，出过自己的唱片，并多次获得台湾"金曲奖"。

从 1988 年到 2012 年，我先后出版了 30 多本书，基本都和自己的成长经历和见闻阅历有关，其中不乏畅销书。这些稿费和版税加上电视主播和教学演讲的收入，又继续支持我开始新的探险旅程。在勤奋努力和多元化的发展下，我一直把所有的积蓄都投入到环球旅行的纪实影片拍摄记录之中。

很多人常常问我："眭澔平你为什么要旅行呢？有的地方那么辛苦，你做电视主持人或者新闻主播，不是挺好的吗？"其实，被问久了我自己也很纳闷，因为旅行还真是很辛苦，要到处奔波，还有那么多不确定的因素。可是后来我才发现，在自己人生中有两位女性真正影响了我，促使我去环球旅行。

第一位就是我的母亲。我母亲在上海土生土长，1949 年到了台湾。

可是没想到，生了我上面的四个哥哥姐姐之后，在我出生的那年，台湾发生了"八七大水灾"，大着肚子的母亲被泡在了脏水里面。再加

▲ 母亲年轻时的照片

▲ 幼时与兄姐的合影

上我又延迟两个月才拖到当年圣诞夜这个非常寒冷的日子里出生，妈妈因为难产和产后失调，在人生的最后24年，也就是1/4的世纪里都是瘫痪在床。

很小的时候，我就会照顾母亲。原本胆小害羞的我总要经常活泼好动地给母亲讲述外面世界的故事，安静下来的时候，我就趴在妈妈的病床边画下自己的见闻，然后讲给她听。我记得当时自己画了一幅叫做"庙会"的蜡笔画，心里想着，母亲看不到外面的世界，那我就画给她看。在她临终前，我在病床上创作的便是台湾大学现在在使用的校徽设计图。

时光一晃过去了，可是我一直记得，我就是用这样的方式带着我的母亲看了外面的世界。而这份心意，也让我一直把旅行当做是要跟母亲讲故事的约定。这第一个故事，竟然就是从自己妈妈的病床旁边开始的。

这一生，她不能实现的梦想，我要一个一个地帮她实现。我这么热衷于旅行，就是想给她讲故事。

如果说，母亲是我走出去看世界的原始动力，那么与另一位台湾杰出女性的友谊，则是我20多年来环球之旅的持续动力。

这位影响我旅行世界最深的人，就是三毛。我们是极为知心的好朋友，也是极为投缘的忘年之交。她是台湾知名作家，当代华人世界游记文学的先行者，她的惊人才华和传奇经历，在如今40岁左右的读者群中，仍被津津乐道。在一次对三毛的采访中，我与她相识、相知又相惜，两人无话不谈。

▲ 三毛生前照片

三毛曾经对我说："好，眭澔平，你是我灵感的泉源。在这个世界上，没有一个人能让我说，不得了了，我现在眼花缭乱，脑子不管用了。一上午的谈话，我用脑太多。你会说，你喜欢，没有人跟我这么说。我跟你说啊，我很久没有跟一个人说话说到你这个程度了，虽然我每天都跟人说话。"

▲ 我与三毛合影

三毛在国外游走时，我们相遇了，并且是一见如故。虽然两人相差近 17 岁，但是旅行和写作是我们总也谈不完的共同话题。

在一段电话留言中，三毛对我说："潊平，我是三毛，我刚才看了你写的那篇东西，不知道你自己看到了没有，我觉得小标题用得很好。你回来之后，要不要来跟我讨论一

▲ 三毛生前使用的行李牌

下我的那篇文章的小标题？如果你想的话，我今天大概晚上一点钟还接电话。你在家吗？好，再见。"

我现在仍然保存着三毛当年所用的行李牌，上面写着她的本名——陈平。我也保存着三毛当年最爱的小熊，在其标签牌上，她特别写着：小熊从英国带来，也就是从当时我在攻读博士学位的英国带回来的。而她也因此给我取了个绰号：小熊。这只小熊是她在 1990 年 12 月 8 日，也就是过世前不久，在台湾台北荣民总医院（简称荣总）收到的。

在三毛离世前的一段时期，我和她曾准备合写一本书。为了收集资料，我们开始留心录音保存两人的谈话记录。没想到，竟然就这么无意中收录了三毛自杀前的最后两段在我家电话答录机里的留言：

"小熊，如果你回台湾了哦，我是小姑，你如果回台湾了请你打医院（的电话），如果回来的话。小熊，你在不在家？好，我跟你说，我是三毛噢，如果你明天在台北，请你打医院（的电话）。再见。"

"眭澔平，我是三毛，你在不在家？人呢？眭澔平？你不在家……好。我是三毛。"

在即将要离开人世前的几十分钟到几分钟，三毛拨到了我台北家里的电话，但是当时我正在外地办签证，无法接听到，更何况那个时候还没有手提电话和手机，根本无从联络。

在三毛离世后，我写了一首歌：《蒲公英的哭泣》。我总觉得，她并不是那么悲伤地过世了，而是像蒲公英一样。你看那个圆球的花絮，吹起来好像一滴滴在飞的眼泪；但是无论飞到世界的哪个角落，它们也都是一粒粒种子，又开始了一段段新的旅程。所以，我用《蒲公英的哭泣》来写三毛的一生，悼念她。

> 随着那微风飘起，
>
> 穿越过蓝蓝晨曦，浮在空中游戏；
>
> 轻轻地飞向异域，
>
> 连串着如泪白翼，我听到蒲公英的哭泣。
>
> 随着那生命旋律，
>
> 穿越过四海天地，爱在心中洋溢；
>
> 轻轻地旋动心曲，
>
> 连串着悲欢笑语，我听到你相思的情意。
>
> 随着那青丝一缕，
>
> 穿越过生死别离，梦在幽冥重聚；
>
> 轻轻地结束孤寂，
>
> 连串着世人猜疑，我听到你傲笑在天际。

随着那沙漠雨季，

骆驼已不再哭泣，心却冰火冲击；

轻轻地，

连串着一生传奇，你就像蒲公英的哭泣。

当时，我正在英国利兹大学攻读社会经济学博士，刚刚放弃了名利双收的主播工作，正准备安心做一名学者，可三毛谜一样地突然离世，促使我笃定把她那未完成的环游世界的信念坚定下去。

在每一次旅行的过程中，我确实都会有一种很特别的感觉，好像是在接续她的脚步，完成她没有走完的旅途。特别是每次当我读到她过世前写给我的最后一封信时，我心情总是无法平复：

▲ 三毛的最后一封信

"小熊，我走了，这一次是真的。在敦煌飞天的时候，澔平，我要想你……"

三毛生前曾跟我讲，有机会一定要帮她实现几个梦想。只是没想到，这些话犹然在耳，她就已经走了，这些话如今反倒变成了我和她的生死之约。

第一个，她跟我说，她最喜欢小熊，因为她认为这些玩具熊是所有西方小孩从小到大，甚至到老，都要抱在怀里的，即使弄得旧旧脏脏的，也是一辈子最心爱的伙伴。所以，她希望有机会能够让我帮她抱到一只真正的熊。

▲ 抱棕熊

第二个，她说我是属猪的，希望有机会也能够帮她去抱一抱老虎，也就是所谓的"扮猪吃老虎"。

这两种动物，是她最喜欢的。

而第三个，她跟我讲，世界上有个食人族，她一直想去看看，可是她总是没有勇气去，也没有机会去。

因此，下面这个故事——我的旅行，便是我想送给三毛最后的礼物——新几内亚食人族之旅。

▼ 扮猪吃老虎

02／谁应该与我相遇

有的人旅行是为了观光休闲，有的人旅行是为了探索发现。1990年，也就是整整22年前，我首度前往巴布亚新几内亚（Papua New Guinea）的那一次旅行，是为了学术研究的一个田野调查。当时我正在做历史和人类学的一个博士论文研究，我的导师告诉我一定要去巴布亚新几内亚。

巴布亚新几内亚是西南太平洋中的一个群岛国家，岛上生活着包括传说中的食人族在内的700多种人类族群。我一直想探访一个叫做"天堂鸟族"的民族，而相关数据资料显示，这个族群就在巴布亚新几内亚的拉包尔（Rabaul）地区。

让我大感意外的土著家庭

寻找天堂鸟族是我此行的目的，我知道这并不容易。而在寻找问路的过程中，我收到了意外的期待和惊喜，甚至还收获了友谊。

在问路的过程中，我进到了一个村子，没想到村子里的每一个大人小孩，都对我开朗地笑，这让我到现在都记忆犹新。

做记者时，我曾经去过周边的几个国家，但到大洋洲还是第一次，这也是我自助旅行的真正开始。除了做论文研究，我还打算替朋友三毛完成探访食人族的心愿。

其实，这个时候我刚刚放弃了让很多人羡慕的新闻主播和主持人的工作。很多人认为那是个名利双收的工作，问我为什么要放弃它去读博士，又为什么要放下博士身段去旅行。其实对我来讲，当时内心也是非常忐忑不安的，我也不知道将来还有没有更好的发展机会，也不知道念完博士后再回到台湾，是不是还能拥有那些让人羡慕的、所谓名利双收的工作。更让我忐忑不安的是：当我跨出旅行的第一步时，我才意会到自己其实非常的羞涩和胆怯。

然而在寻找天堂鸟族的过程中，我无意中邂逅的一个土著家庭，这使原本有些矜持的我，很快柔软放松了下来。

这是我第一次跨出脚步来到一个非常陌生的国度，而博士论文研究的那个田野调查更要求我必须跟当地人有很多的互动，所以我真的很感谢这一家人，是他们的微笑使我敞开了心扉，他们也真的把我当做自家人。他们给了我一份信念，而这份信念太重要了。我相信人性，也相信那种直觉的感应，更相信自己的诚恳和微笑可以打动别人。正是有了这份信念，我才有勇气继续进行接下来的旅行，才能够走遍世界五大洲，180 多个国家。

当时巴布亚新几内亚正值收获的季节，椰子、槟榔、可可都到了成熟期，开朗豪爽的男主人殷勤地款待了我这个远道而来的"不速之

▲ 男主人在为我采摘椰子

客", 他的慷慨甚至超出了我的想象。

那么, 这家人到底热情和好客到什么程度, 以至于让我这个初次旅行的人非常意外呢? 原来是他们居然把院子里所有能摘的水果都摘了个遍。尤其是那男主人太可爱了, 我跟他非亲非故的, 完全不认识, 甚至连语言都不通, 他却开心地把他们家里的东西全给拿了出来。

后来, 他用树皮拧了一根绳子, 然后套在了自己的双脚上绑起来。我想, 他要干什么呢? 原来, 他要爬树。太好玩了, 这太有学问了, 他们的祖先就告诉他们这么爬树, 尤其是椰子树。椰子树长长直直的, 他将两只脚板踏在树干上, 好像吸附在上面一般, 然后一步步地往上跳。

在椰子树上, 他还配合我的拍摄。他摘第一个椰子的时候我没有拍到, 我就喊: "再来一次, 再来一次……"他不厌其烦地摘着椰子, 而且细心地将它丢得远一点。要是我爬到上面, 一定是让椰子像自由落体那样垂直掉下来, 那可能刚好砸到下面看热闹的人的脑袋。

这个大家庭所表现出来的朴素好客的精神深深打动了我。即使语言不通，宾主之间的沟通还是越来越自然，开心的笑声在树林里回荡。小孩们也很开心，大家又玩又闹，就跟欢迎新伙伴一样。

当然在这个时候，我最开心，因为这是我第一次接触跟自己的文化落差比较大的一个部落，而他们虽然已经接受了一些现代市镇文明的洗礼，可是还是那么善良，而且善良到我都觉得好像跟他们认识好多年了。

▲ 老椰子里的半固体果肉

过了一会儿，男主人拿过来一个椰子，这个椰子跟我以前看到的不一样。以前的椰子剖开或者戳一个洞后就可以喝椰汁了，而这个椰子里面好像还藏着一个"蛋糕"。这是怎么回事呢？原来是老椰子放久了，它里面的椰子水就会慢慢变成一种半固体，吃起来也很不错。

在院子里面，我看到一个小花园一样的地方，结果用手脚比画了一下，我才知道原来那是男主人妈妈的坟，而他妈妈才过世一个星期而已。我一听，甚是震惊。新坟上面的泥土还是湿湿的，他们还在上面种了很多花。他们特别要求我帮他们跟这个坟一起合照。要是在我们那里，母亲才过世一个星期，那子女应该是非常悲伤的，可是他们怎么每一个人的笑容都那么灿烂？是因为我的到来吗？当然不是。

我发现他们真的是一个非常乐观开朗的民族，尤其是在跟新坟合照的时候，他们就好像搂着自己的妈妈一样——虽然是一个坟。以至于最后，我都被他们自由自在的心情感染了。

▲ 我在帮他们与坟合照

因为还要寻找传说中的天堂鸟族，我不得不离开这里了。这时，一个小男孩知道我时间来不及了，得走了，他就学他爸爸飞速地爬到了树上。我赶忙说："不要再摘了。"可是他早就又摘下来了一个水果。这个水果看起来像个瓜，是丝瓜、苦瓜，还是什么瓜呢？都不是。

▲ 切开的可可果实

别看人小，他拿着一把大刀一点都不害怕，反而手法利落，几刀下去就把水果给剖开了。这原来就是我们吃的巧克力的原料——可可。

这是我第一次知道，巧克力是用可可做的，也是第一次知道，原来可可生吃起来味道也挺不错。

他们家能摘的差不多也都摘完了，我想我该回赠他们什么呢？刚刚好，之前新出了一张唱片，我就送给了他们。我后来还得了"金曲奖"，

▲ 我教他们唱中文歌

这也有他们的一份功劳哦，因为他们也帮我唱了一句："是谁？应该与我相遇？"当时，我教他们唱中文歌，没想到男主人歌唱得还不错，他学着我唱中文歌词，有模有样的。

不过，我真的来不及了，在这边已经耽误了好多时间，可是我好开心。其实我真的想留下来、住下来，因为怎么会有这么可爱的人，帮我打开一扇行者之门，进入他们的家园。

在我要走的时候，他们都对我说着一句话："博艾诺图纳。"这是什么意思？再见吗？好像是再见的意思。

后来我才知道，"博艾诺图纳"就是说："保重啊，我的孩子。"好温馨啊，他们对待朋友，甚至是陌生人，都是这么得真诚可爱，而且把每个人都当做他们的孩子。哪怕只是经过他们家院子问路的陌生的我都有这个荣幸，做了他们家的孩子。

因为还要寻找天堂鸟族，我不得不告别了这个土著家庭，继续打听天堂鸟族的位置。当然，要离开这个小村，我真的是依依不舍，可是我原本的目的地是天堂鸟族的部落，所以还是得赶路。

探访巴布亚新几内亚天堂鸟族

天堂鸟族其实也是食人族的一种，可为什么要叫天堂鸟族呢？因

▲ 天堂鸟

▲ 巴布亚新几内亚的国旗

为这个民族跟天堂鸟实在有着太密切的关系。在整个巴布亚新几内亚，不论是在国旗，还是在钱币上，都印着天堂鸟的图案，它也是巴布亚新几内亚的国鸟。这种鸟最特别之处是，在求偶的时候，会展现出一种非常特别的舞姿，尤其是公鸟来跳这个舞蹈时，更是美丽。

在计划当中，我要研究当地人类跟野生动物之间为什么会有这么密切的关系，以及他们是如何把这些野生动物的习性融入自己的生活当中，如何完全地落实在一点一滴的文化传统当中的。当走进这个村子的时候，我终于揭开了谜底。

他们每天看到这种非常奇特而且珍贵的天堂鸟，并将其融入自己的生活当中：把天堂鸟的羽毛变成服饰、头饰，也将天堂鸟的舞蹈变成他们对异性表达爱意的方式。当看到那些男士头上戴着大大的天堂鸟羽毛抖动跳舞的时候，我终于知道为什么许多研究单位一定会注意到这个民族，这是因为他们在跳起求偶的舞蹈时，真的很像一只展翅的天堂鸟，而他们的舞蹈老师就是一只天堂鸟。

▲ 穿着天堂鸟服饰跳舞的族人

配合着鼓声的节奏，我完全感受到：在这片原始的雨林里面，在这些有着 700 多种民族、1000 多种不同语言的部族里面，他们为什么会这么得独树一帜。

还记得那个午后，阳光太美了，洒落在那些天堂鸟的羽毛上，一眼望过去，真的好像成熟的稻浪在摇摆。当地人黝黑的皮肤，映着午后金黄的阳光，更是闪闪发亮。仔细一看才知道，其实那不是他们天然的肤色，而是他们用一种特别的陶土，揉出一种油涂在身上，皮肤才变得那么健美。当然在他们求偶的时候，这样男女就更能够吸引异性的注意，并且听说，这陶土还有护肤效果呢！我也跟他们学，试试将陶土抹在自己的手上和脸上。经过这样一段互动的过程，我跟他们变成了好朋友。

天堂鸟族的烹调方式也让我大开眼界。他们在火堆上放了一个盖

▲ 脸上正在被涂陶土的我

▲ 天堂鸟族的烹调方式

着芭蕉叶的陶瓮，陶瓮里面煮的是什么东西呢？我那时候还担心，听说他们是食人族，那会不会下一顿餐，陶瓮里面煮的就是我？结果是我太多心了，里面煮的是香蕉和鲜鱼。这倒挺有趣的，竟然把鱼跟香蕉煮在一起。当然，这吃起来也是非常可口的。

清淡的饮食，还有温和的笑脸，大大消除了我在见到他们之前所抱有的紧张和疑虑。事实上，正如上一个土著家庭所表现出的慷慨好客令我大感意外一样，传说中的这个曾有食人传统的天堂鸟族所展现出的善良和热心也让我感动不已。

这个原始部落虽然没有把他们所有的果子全摘来给我看、给我吃，

可是因为我们深深的情谊，他们愿意把族人所会的绝活，都使出来给我看。首先他们的男人都做什么呢？原来是把高高的椰子树上的椰子叶采集下来，然后编席子。这席子又可以坐，又可以睡，有的还可以当装东西的包包，而整个的编织工艺真的是非常高超。

▲ 男人们在用椰子叶编织席子

我再回头，看到全村的妇女们在那边制陶，并且制陶的过程非常完整。她们知道我在做研究，四位妇女居然分工明确，将制陶的各个步骤展现在我面前：第一位妇女，先把陶土和水和在一起，然后用一个捣子捣土，增加它的黏度；第二位妇女也很用心，她将陶土揉成一

▲ 妇女们在制陶

个圆形的蛋（陶罐的原型）；第三位妇女则往陶土蛋的里面捏，捏出陶罐容器的内部；第四位妇女更用心了，她用刮子细细地刮，刮出一个平滑、完整并刻上花纹的成品。最后，一个完美的陶器就呈现在了我的面前。这就好像一个原生态的生产线，各个步骤一应俱全。

她们真的太有心了，一丝不苟，而且非常认真，让我这个陌生的外地访客能够很快速地了解他们的文化进程，尤其是制陶的整个技术。这在我的心里，留下了非常深刻的印象。

在这个小村子里面，我万万没有想到自己的造访会受到这般礼遇。当然，我在看他们，其实他们也在看我，而且全村的人都来了，都围着我。

这般礼遇我，是因为这个自然的小村子从来没有外来的访客吗？还是因为我来的这一天他们心情特别好呢？我相信，我得到的关键答案是：只要你敞开心扉，你会发现全世界的人都是你的朋友。

总之，这一天真的太充实了，这些朋友让我在巴布亚新几内亚，也就是旅行的第一步，得到了最好的收获和最大的信心。

巴布亚新几内亚之旅，距今已经整整 22 年了。你想，在那个时候，我初出茅庐，才从一个学术研究的田野调查开始我的自助旅行。它为我此后的旅行积累了宝贵的经验，以至于将来无论是与谁相遇，我都已懂得怎么去交往。而这在环游世界的旅程中，是尤为重要的。

当然，这个大洋洲上的岛屿——巴布亚新几内亚，也成为我常常魂牵梦系的一个地方，因为我还听说，在岛上西边的伊里安有一种不太穿衣服的真正的食人族。

而在八年之后，我探访这个食人族的心愿也实现了。

03／新几内亚食人族之旅

19 99 年，我在巴布亚新几内亚的伊里安地区聘请了一位懂英语的土著作为向导，全方位、零距离地接触了食人族的后裔——达尼人部落。那时的我已经去过近百个国家，积累了丰富的户外旅行经验，不再如刚开始旅行时那般羞涩、胆怯。当然，和食人族打交道也不是第一次了。

此前，我在巴布亚新几内亚全境考察过几个食人族部落，他们绝大部分都已摒弃吃人的习俗。尽管他们与外界的文明社会有着千丝万缕的联系，但仍然保留着非常原始、荒蛮的部落生活形态。

外面的世界都把食人族讲得非常残忍和可怕，而我也发现，因为民族、国家之间存在隔阂，大家都习惯把对方想得非常残酷和恐怖。但事实上，当你真的与其接触时，除非你自己事先怀着戒备之心或刻意保持距离，人与人之间都有一座微妙的桥梁——它可以拉近彼此的距离。比如，我们不远万里来到伊里安岛，岛上的食人族部落对遥远的外国人其实非常好奇，只要你敢开心扉去面对，双方都能产生好感。

有趣的是，很多民族因为彼此靠得很近，反而经常互相攻击、伤害，所以我想说，其实距离也是一种美。

走近达尼人部落

伊里安岛上有很多高山，这些高山成了部落与部落之间天然的领地界线。在每个部落的外面，都有一个由单根木头搭建而成的瞭望台，而瞭望台上的勇士，甚至酋长，便要负责保卫整个部落居民的安全。

▲ 站在瞭望台上负责警卫的勇士

当我走近达尼人部落时，站在瞭望台上守卫的勇士便拿弓箭开始警戒。一旦我越来越靠近他的时候，他竟然真的射来了一支箭。"嗖"，还真是惊心动魄。当时我吓了一跳，心里不禁一阵害怕。

后来才知道，其实这是他们传统的一种威吓方式，在对你表示：这是我们族人生活的地方，你不可以再踏进来了。

当然，不必担心食人族看到你后会伤害你或者吃掉你，其实他们对我们这些来自外地的人，反而觉得挺新鲜。

虽然那位向导不会讲当地所有的土语，我还是请他先进去跟那守卫沟通，看能不能准许我们进入村子。最后沟通成功，守卫答应了，并且还引见我们拜会了他们的族长——头上戴着最长羽毛的人。在这个族长的带领下，我终于进入了他们的村落。

当时，一群勇士正在进行着一场"战争"。能恰好碰到这种场面，我当然不放过机会，赶紧站在旁边进行拍摄记录。可是，我越看越纳闷：这是在打仗吗？怎么跟我印象里的打仗不一样呢？

> **→ 知识点 ←**
>
> 在过去，骁勇善战的达尼人除了为争夺地盘而大动干戈之外，也会为心爱的女人，甚至为牲畜打打杀杀。作为食人族的后代，他们的祖先处理敌人的方式自然不言而喻。

当时我所看到的这两个部落之间的杀戮战场，其实正是达尼人恰巧将古代战争的场面搬到了我的眼前，试图还原祖先英勇的故事，以震慑警告来袭的敌人。

他们手中都拿着长长的矛，矛的前端还绑有不同动物的标本，如鹦鹉的翅膀或猛兽的头。因为在他们的观念里，这能够加强武器的神力。后来不晓得怎么回事，有一个人跑到我旁边给了我一个武器，让我也加入到"战争"中。

▲ 达尼人正在呈现出古代的战争场面

刚开始我挺害怕的，就跟着他们躲在后面跑。后来我发现其实挺好玩的，他们只是互相威吓，而不是真正的恐怖杀戮。

有时候因为我方进攻跑得太快，我还跑过头了，他们就会把我拉回来。想想自己仿佛回到了历史课本里的时光隧道，难怪跑着跑着他们都突然折回去了，我却不晓得，仍然一个人傻傻往前跑。

后来有人受伤了，整个"战争"就结束了——只要有一个人受伤或死亡，他们便停止战争。这时，我深深地感受到他们彼此之间是如此的信任，他们都遵守着祖先传统的规矩。我觉得，有的时候这里比我们外面所谓文明先进的社会好像还要好一些。战争结束的时候，原先站在战场旁边的瞭望台上指挥作战的族长也走下来加入到了我们中间。

▲ 有勇士受伤了

接下来的考验便是决定我能不能进入他们村子的关键。

因为语言不通，我只能模仿，他们怎么做我就怎么做。在这样的互动过程中，可以看出他们的社会有一定的结构：他们会让外来的朋友和比较尊贵的族人站在整个队伍的中间，然后其他的士兵绕着人群跑。并且，士兵们一边跑，一边唱着一些简单的歌曲旋律。在原始部落里，人们很自然地向周围的环境学习，他们发出声音就可以唱歌，举手投足就是舞蹈。

为了试探族长对我们进入村子的态度，我向族长伸出了双手。没想到，族长接纳了我：我们把手握在一起。他说，他叫雅利；我说，我叫睦。我想，他已经允许我进入他们的村子了。

最特别的欢迎仪式

这个村子名叫朱瑞卡。在向村子行进的过程中，他们边走边唱。

走到村口的时候，我发现，为了保护自己免受敌人的攻击，也为了避免一些毒蛇猛兽进入村子咬伤妇女小孩，他们只给村子建造了一个出入口。出入口中间有一个挡板，挡板两边是由细杆木搭建的小楼梯。

大家顺着楼梯爬了进去，便进到了他们的村子里。只有迈过这道门槛，才算得上是真正进了村。整个村子呈长方形，最中间尽头的屋子便是他们的祖灵屋，也就是他们祖先居住的地方。

> ➤ **知识点** ◆

祖灵屋是部落的中心所在，平时男人们在外打仗和狩猎，女人就在厨房做饭带孩子。她们是不被允许进入祖灵屋的，因为所有重大的节庆和祭祀活动也都在这里举行。

当时，我把摄像机放到一边，然后跟着他们往村子里面走，也不知道他们要把我带到哪里去。忽然，有人把我给扛了起来，我低头一看，哇，不是男人，竟然是一名女人。原来，他们把一个人当做贵宾来看待时，才会让女人来扛。其实在那一刻，坐在她的肩头上，我真有点不好意思——让男人来扛我，我都会不好意思，更何况让一个女人来扛。我何德何能让他们这样接纳我，把我当成他们的贵宾，甚至当成自

▲ 达尼人村子的入口

▲ 我被女人扛了起来

己孩子一样，由他们负责生育繁衍下一代的女人把我扛在肩头，好比我是他们的家人一般。

这就是达尼人最特别的欢迎仪式。这种闻所未闻的欢迎仪式令我受宠若惊，原本有些忐忑不安的我，现在才肯定，他们确实是在欢迎我，而不是要伤害我。当时我心底的感动不可言喻——真想说：谢谢你们。

那个女人把我放下来之后，有的男人便过来跟我打招呼。可是这打招呼的方式也太特别了，他竟然直接拿着矛朝我冲了过来，向示威一样。看到这样的画面，我担心他会不会伤害我、攻击我，其实不是，他确实是在跟我打招呼。因为世界各地的习俗太多了，并且有着很大的差异，所以人与人之间就难免会出现一些摩擦、隔阂和误会。

冗长繁复的欢迎仪式结束之时，夜幕也已经降临，我被安排到一位村民家里过夜，住在了他们"覆碗"式单独矮门的茅草屋里。

什么叫"覆碗"式的房子呢？就是用竹木撑起一个类似扣着的饭碗的骨架，然后上面盖上茅草枯枝，就变成了他们的房子。房子是没有窗子的。钻进屋里后，我拿着一个油灯，从下面爬到上面来，看到上面垫着一些茅草。哇！原来他们就睡在这些草上面，这里就是他们的"寝室"。

当然，在下面正中央也有一些干草，不过是用来煮饭烧水的。做饭的地方安排得刚刚好，白天可以烹调食物，而到了晚上，可以烧一些干草，让热气往上熏，烟尘会从缝隙间释出户外，"寝室"里就跟有了暖气一样，使人们免受内陆高地寒夜的侵袭。

睡在食人族部落总归有些提心吊胆，好在一夜相安无事。

达尼人如何祭奠祖先

你可能很难想象，他们是怎样祭奠自己的老祖先的：他们将最值得尊敬的、德高望重又功德彪炳的祖先不是做个铜像来纪念，而是熏成干尸木乃伊，子孙要天天跟他睡在一起。这种祭奠方式，听起来令人毛骨悚然，而那木乃伊，就在祖灵屋里面。

▲ 他们祖先的木乃伊

将木乃伊搬出来后，我惊奇地发现：他们并没有埃及人制造木乃伊的技术，也没有为木乃伊除湿、隔离、防潮，却将几百年前的老祖先的整个尸体保留得这么完整。

这个木乃伊一共有 260 多年的历史，是一位族人的祖先，而把祖先的尸体保留下来的原因就是为了效仿他为族人做出贡献。

在整个巴布亚新几内亚的旅行中，这应该算是我发现的最特别的文化传统，他们就是用这样的方式来表示对祖先的追思和崇敬。而他们愿意把自己的祖先搬出来介绍给我，则表明他们完全接纳了我这位外族人，并给予了我极高的礼遇。

此外，我还发现了一个令人震惊的传统。

▲ 两位妇女将自己涂得黄黄的

▲ 指头被剁得只剩下最后一节

那时，我看到有两位当地妇女将黄木槿的树根汁和泥土涂在脸上和身上。原来，她们有亲人过世了，她们用这样的方式来哀悼。

而更让人震惊的是，她们竟然用石斧剁掉自己的手指头，一节剁完了再剁另外一节，一直剁到只剩下最后一节手指。每一节手指都代表着一个亲人的过世。

这两位妇女便是两位守寡者，就像我们过去会把寡妇称为"未亡人"，此地传统让她们手指不全，但她们还要拿着农具去耕种、去生活。或许我们会说："哎呀，食人族怎么这么凶狠，怎么这么残忍！"可是这就是地球上一种不同的习俗传统，经由千百年自然约定俗成，我们实在很难做评判。达尼人还停留在荒蛮的石器时代，仍然保留着远古的传统和习俗，并且，这种现象在伊里安岛非常普遍。

融入他们的部落活动

在村子里面，我可以看到他们的生活原貌。但是，要想真正融入他们的生活，让他们更加接纳自己，我应该做的不是站在一边指手画脚，而是虚心地向他们学习、参与体验。而学习的第一步，便是学习他们的穿衣打扮。当然，学习他们的穿衣打扮还真有点令人尴尬，因为他们根本就不怎么穿衣服。特别是对于男士来讲，他们连草裙都不围，只是在生殖器官上面套了一根长形的瓠瓜，这瓠瓜便是他们唯一的衣服了。

　　一般的外地人到了那里，如果只给他这样一根瓠瓜，他很可能不知道怎么穿戴。现在想想，那个过程好像在经历清朝十大酷刑一样。可回头一想，这千载难逢的机会摆在眼前，疼一点就忍着吧。我还发现，我佩戴的那根遮住私处的瓠瓜比他们的更长：这是他们对我这个外来客的礼遇尊重。

　　不只如此，族长还特意把他的帽子和野猪牙项链借给我戴。那时的我，除了肤色不同以外，跟他们已经没什么差别。后来，我还跟他们顶着芭蕉叶，一起到山上内陆民族赖以维生的盐湖去采盐，将吸饱了盐卤的纤维晒成食盐。

▲ 我也戴上了一根瓠瓜

　　我相信，那一群跟我一起生活过的村民，到现在可能还会记得我，因为从来也没有人像我一样，这么努力、积极地融入到他们的社群当中去。

▲ 和当地民众一起采盐

　　我是第一次接触到这么特别的一个部落，可能也有很多人会担心，他们长得挺凶恶的，会不会把自己给吃了？会不会伤害自己？但是我总是相信，人与人之间有一种很奇妙的感应：你是对我好，还是对我坏；你是喜欢我，还是讨厌我，大家会有一种很奇妙的直觉感应，像磁场电波扫描般的精确。

　　接下来，你也要试着把自己所有的身段放下，让自己也变成一个很可爱的人。如果你看这个也讨厌，碰那个也嫌恶，那你的表情、姿态都会有一些讯息无意间透露出来，而让周遭的人们感觉到有距离，甚至可能会对你产生排斥感。

　　我觉得，这次旅行是一个很大的考验。当时我完全来不及学习所有的土语，所以我只能比画，只能依靠直觉。事实证明：我怀着一颗真诚善良之心去沟通的时候，完全可以和他们相处得其乐融融。

　　距离好友三毛去世八年之后，我完整地探访了这个真正的食人族部落，终于兑现了自己的诺言。

04 / 撒哈拉的故事

在全世界的自然奇景里，撒哈拉沙漠是最独特的。它位于非洲北部，气候条件极其恶劣，是世界上除南极洲之外最大的干燥荒漠，也是地球上最不适合生物生长的地方之一。它覆盖的国家包括利比亚、阿尔及利亚、埃及、苏丹、摩洛哥、毛里塔尼亚以及我们当时所在的突尼斯等。

> **→ 知识点 ←**
>
> 撒哈拉沙漠位于阿特拉斯山脉和地中海以南（约北纬 35°线），约北纬 14°线 (250 毫米等雨量线) 以北，西起大西洋海岸，东到红海之滨，横贯非洲大陆北部，东西长达 5600 公里，南北宽约 1600 公里，总面积约 9,065,000 平方公里，约占非洲总面积的 32%。"撒哈拉"这个名称来源于阿拉伯语，意为"大荒漠"。这块沙漠大约形成于 250 万年以前。

就像三毛说的，因为沙漠里面没有雨、没有水，所以滴下任何一滴水你都会分外地珍惜。对于已经旅行过很多地方的我来讲，无论是广阔的沙漠也好，还是荒凉的地方，都反倒更能激发我的斗志和勇气，更能促使我仔细观察各种事物。

▲ 一个人静静地躺在沙漠里

那沙漠里的生命在哪里呢?其实生命就在身边。如果细心观察,你能看到身边布满了蝎子的脚印。当然,如果不用心观察的话,表面上几乎是看不出来的。只要用心,这片沙漠都是属于你的,但不只属于你。

在这样一个风化严重的地方,这么大的面积,通常只能用两种方式来行进:一种就是骑骆驼,另外一种就是驾吉普车。而我们便是搭乘吉普车横越撒哈拉沙漠的。

这次撒哈拉之行是好几个行程组合起来的,因此就在这个过程中,我们也是随缘随性,看到什么就记录什么,感受什么。当然从我的角度讲,在旅行的过程中,无论是现代先进的文明,还是比较原始的、原汁原味的文化,我都乐意去接触,去体验。

《星球大战》外景拍摄地——马特玛塔

我们的第一站位于突尼斯南部的著名景点——马特玛塔,这里曾经被美国电影《星球大战》选为主要的外景拍摄地,并因此声名远播。极端的气候条件和生存环境造就了原住民柏柏尔人奇特的居住方式。初来乍到的游客见到此情此景,往往不免都会联想到外星文明。

一来到马特玛塔,你就会发现,这里根本没有房子,哪是人住的

地方？为什么没有房子呢？其
实所有的房子都在地下，也就
是说你一眼望过去是平的，但
是房子全部是往下面挖的，跟
我们陕北窑洞往土壁里挖有点
类似。

最后，地下被挖成了一个
巨大的圆形井状格局，周围的
房子便类似窑洞，也就是往"井
壁"里面挖，并且可以凿很多
层，挖出几个相连的房间，墙
壁里还布满了电线。

柏柏尔人真可谓是穴居，
竟然将整个地表挖成一个下沉
的大洞，然后在洞的内壁建造
出一个个小房间。

▲ 向地下挖出来的房子

▲ 当地人在吃午饭

如果讲得有趣一点，这特别符合我们中国的一句俗语，叫做"别
有洞天"。真的是别有洞天，穴居里面一应俱全，所有的生活需要都规
划在这个空间里面，大家彼此之间还可以有安全群居的照应。

讲得简单、通俗一点，就是人们吃喝拉撒全在穴居里面，根本不
必跑到外面去忍受风沙的肆虐和炎烈太阳的曝晒。

当然，这些洞穴其实年代非常久远，早在古代就有各种不同的游

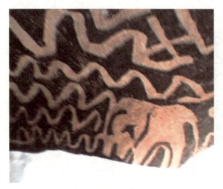
▲ 《星球大战》剧组画的图案

牧民族穴居在这里。在某些穴居的屋顶上，还有一些古代的岩石壁画。

后来，一代一代的游牧民族离开了，只剩下这些穴居。而穴居遗址又被用来拍电影、建旅馆。一些穴居的屋顶上便有《星球大战》剧组画的图案。当地人把古老的建筑重新规划，改造成旅馆供旅客住宿，我就居住在其中一个旅馆里面。

→ 知识点 ←

由于丰富多样的地形地貌，突尼斯成为国际影人们理想的外景地，再加上租用价格相对便宜，因此很多广为人知的影片都曾在这里取景。像《星球大战》、《英国病人》等影片，都在这里搭建了一些很特别的布景。在日落黄昏的时候，这些布景会变得别有韵味。

有一些比较高的洞穴，被当地民众当做储藏室。那天，我和一个小孩踢足球，不小心把足球踢到上面去了。于是，我们就顺着楼梯爬到上面去拣球。我上去后发现，上面真的堆放了很多过冬用的食物、谷粮，也摆放了一些平常要用的农具。

盛大的沙漠联欢

离开马特玛塔后，我随车奔赴绿洲城市托泽尔，那里有另外一个著名的电影外景地。途经小镇杜兹时，我还碰巧赶上一场盛大的沙漠联欢。

说实在的，在沙漠中行进，行程计划永远赶不上变化，一是因为气候的变化非常大，二是获取当地的资讯非常不容易。所以那次当地的节庆活动事先我们是不知道的，只是刚好看到很多人往杜兹这个小镇聚集。这个小镇只有两万多人口，我看到棕榈树上挂满了彩旗和彩条，邻近的各个游牧民族，尤其是柏柏尔人，都不远千里地来到这里。这一天是完全开放的，瞧！那些女士打扮得多漂亮！

▲ 当地民众陆续来到联欢会上

可能有人会说，这样一个沙漠联欢会，跟人口很多的地方的联欢会比起来，应该没有什么特别的。但是我想说，这对当地人来说是多么的难得！因为他们平常都是游牧，而且散居在不同的

▲ 盛装打扮的妇女

地方，只是在每年 12 月的最后一个星期，才按照千百年来的传统，自发地聚集到撒哈拉沙漠里面的这个小镇，其中包括一些政要、家族的族长，还有各地来的民众。

这里俨然成了一道特别的文化风景线。你看，在伊斯兰教的传统教义里，那些妇女平常要把整个脸，包括头发，都遮起来。可是在这个节庆的日子里，她们却可以把自己最漂亮的服饰、首饰，全部穿戴起来，打扮得非常漂亮。而那些小伙子们，也可以借着这个联欢的日子，去认识一下心仪的姑娘。

既然到了这个地方，人们都会表演自己的绝活，比如说唱歌、击鼓、吹唢呐等。当然，类似唢呐这样的吹管乐器，多半都是由男士来吹奏，女士则忙着舞蹈和歌唱。而鼓手们，有的将鼓拿在手上敲，有的将鼓

▲ 男人们在打鼓

放在地上拍打，有的挂在腰上拍打，节奏感都非常强烈。更有趣的是，有的人竟然是在拍打铁片，不过声音非常清脆。各种鲜艳的服装，映着黄色的土地、蓝色的天，显得非常美丽。

整个撒哈拉沙漠差不多900 万平方公里，人口却只有250 万，平均每平方公里不足一人。在这样一个地广人稀的地方，这种岁末年尾的联欢对当地民众来说是非常值得高兴的，因为几乎所有的民众都汇聚在了一起。

突尼斯杰瑞德大盐湖

在一望无垠的沙漠里看到这么多狂欢的人的确很幸运。告别了喜庆热闹的小镇杜兹，我继续向托泽尔前行。看着眼前广袤的沙漠怎么会慢慢变成了一片汪洋，我不得不停下脚步。

> ➤ **知识点** ◀
>
> 整个撒哈拉沙漠非常干旱，其成分为三种类型：一是沙，二是石头，三是盐。撒哈拉原来有一部分是大海，而海水是咸的，因此当这片区域风干之后，就变成了沙漠——全部是盐的沙漠。所以，我们不把这里叫做戈壁，也不叫做沙漠，而叫做盐漠。

原来我们路过的是杰瑞德大盐湖，这个盐湖位于突尼斯的西南方。我们从杜兹到托泽尔，就要经过这条湖中之路。湖中生产的盐并不是用来食用的，而是用于工业的，整个盐湖本身就是一个大盐田。

▲ 我坐在盐田上

我踩在盐田上，发现里面仍然有相当多的水分，我一脚踩下去，脚印里便会渗出水来。这是盐分非常高的水。我尝了一下，非常咸。

盐田里生长有红藻，这个是红鹤最喜欢吃的。近处的盐湖，远处的非

▲ 盐的结晶

常漂亮的山脉，全部都是盐的结晶。

想象一下，几百万年前的大海慢慢地风干成沙漠，也有的变成了现在这样天然的盐田，这实在是太令人惊叹了，而且连公路都是盐做的。

更有趣的是，一眼望过去，远处竟然出现了海市蜃楼。

海市蜃楼是在沙漠里一种常见的自然现象，它可能是把很远处的一些村庄、人影车辆等景象投射过来，让你感觉好像走几十分钟就可以到达那里。随着气流的波动，那些景物晃动着，形成好像有水的错觉。有一句成语叫做"海天一色"，而当时真的是天地一色。盐田上面的空气里面有相当多水气和盐分，因此在阳光的反射下，盐田跟天空的颜色真的很像；再加上盐结晶的反光作用，我几乎分不出天地的界限在什么地方了。

沙漠绿洲托泽尔

蔚为壮观的杰瑞德盐湖渐渐消失在身后，我一路马不停蹄地赶到了沙漠绿洲托泽尔。到了撒哈拉不乘坐"沙漠之舟"当然是说不过去的，虽然我有着丰富的旅行经验，但是说起来，自己还是第一次骑骆驼，并且整个过程让我到现在都还忍俊不禁。

> **知识点**
>
> 在我国新疆、蒙古及中北亚地区，骆驼是双峰驼，但是在中东，特别是撒哈拉沙漠里，骆驼是单峰驼。

骑单峰驼是比较辛苦的，而我第一次骑单峰骆驼时，就闹了笑话。一般来讲，看到双峰驼，我们的第一反应是坐在两峰中间就好了，可是单峰驼就不一样了。当时，我坐在单峰的后面，当骆驼起来的时候，它是后腿先起来，这时倒是很安全，可是它前腿起来以后，我发现自己身后什么依靠都没有，就"咕咚"一声摔下去了，以致全村人都笑得在地上打滚。我想既然不是坐后面，那就应该是坐前面了，肯定错不了。我原本打算，骆驼起来的时候，我抓着骆驼的脖子就好了。可问题是，我还没有来得及抓住骆驼的脖子，它的后腿就先起来了，而后腿起来以后，它的脖子却没有起来，我就像溜滑梯一样又跌了个"狗吃屎"，整个脸都跌到沙里面去了，大家又笑翻了天。

那到底该怎么坐呢？如果单峰驼上没有绑好任何鞍台的话，那其实应该坐在后面的，但是必须要毫不留情地用手抓住驼峰的一撮毛，然后用双腿夹紧骆驼的臀部，最后就可以摇摇晃晃地前进了。

我当时的感觉是，在旅行中，无论你是学士、硕士，还是博士，到外面什么都不是，什么都得学习。而那次骑骆驼的经历，是一段很有趣而且很难忘的回忆。

骑着骆驼看大漠落日，自然别有一番情趣。在夜幕降临之后，这里还将有节目上演。

▲ 骑着骆驼跟着大部队走

其实到晚上，坐在柏柏尔人的帐篷里面还是挺冷的，但是他们通常会生起篝火。如果办一场篝火晚会，那就更有趣了。

我觉得，音乐和舞蹈是最好的沟通桥梁，因为它超越了我们所不懂的语言，拉近了不同风俗文化间的距离。如果你只是拿个摄影机在那里拍摄，那就会有拘束感。因为是一个人旅行，所以我需要当地人的协助，而在协助的过程当中，他们能够感受到我在努力学习他们的生活方式，包括学习他们的音乐和舞蹈。特别是，舞蹈会有很多肢体的接触，会有很多互相的观察和体会，透过舞蹈的互动，情感很快就能交流在一块了，然后大家就围着篝火唱歌跳舞。在非常单调而且寂寞的沙漠夜晚里，这样的篝火晚会真的是让所有的游人都永生难忘。

在撒哈拉，最激动人心的事情当然是看着太阳从地平线上跃出。为了看到这一景色，我在凌晨三四点钟便起床，在当地人的带领下驱车去最适合观看日出的地方。

其实日出每天都有，我跑了世界各地的上百个国家，但是说真的，没有一个地方的日出能比在撒哈拉沙漠看到的日出更壮阔和美丽。

当然，震撼不仅仅是看到太阳从地平线上跳起来，你还会看到经过整夜风的吹刮，早晨的沙上留下好像海浪产生的波纹，然后沙漠静止在它最美的一刻，俨然形成了一副雕刻精细的图案，而自己就身在这广大无边的浩瀚中。

▼ 沙漠日出美景

05 / 我的南极演唱会

　　在地球上，比撒哈拉大沙漠更渺无人烟的地方自然要数终年冰雪覆盖的南极了。2007 年 11 月，我和来自世界各地的科考人员、生物专家以及探险爱好者一起搭乘一艘改造自前苏联的破冰船，由南美洲火地岛出发，历时一个多星期，最终顺利抵达南极大陆。这一次我不但和企鹅们交上了朋友，还在当地成功举办了几场自己的"歌友音乐会"。

> **→ 知识点 ←**
>
> 　　南极大陆总面积达 1400 万平方公里。在这片广漠的荒地上，覆盖着皑皑白雪和厚厚的冰层，气候非常干燥、寒冷。南极大陆是没有办法一个人自助旅行的，必须搭乘前往当地研究生态、能源或者物种的破冰船。

　　我所搭乘的破冰船，虽是前苏联一种很古老的破冰船，但仍然非常坚固，船身前面还挂有前苏联的大国徽。

难忘的航行

　　当然，长达一个多星期的航程并不沉闷，这正是我和各领域的专

▲ 大家一起过万圣节

家分享交流心得的好机会。比如说，我专业于历史文化、摄影记录，我就给他们讲这方面的课程；而他们，有的是鸟类专家，有的是鲸豚专家，有的是企鹅专家，他们就会为大家讲自己擅长的课程。

最有趣的是，航行过程中正好赶上万圣节，大家在遥远的地方——可以说是十万八千里之外，一起过个节，真的很值得人怀念，这是一段相当特别的时光。

→ 知识点 ←

每年的 11 月 1 日为万圣节，这是西方的传统节日，源自古代塞尔特民族 (Celtic) 的新年节庆。此时也是祭祀亡魂的时刻，即以食物祭拜祖灵及善灵，以祈平安度过严冬，避免恶灵干扰。节日当晚，小孩会穿上化妆服，戴上面具，挨家挨户索要糖果。万圣节主要流行于英语世界，如不列颠群岛和北美，其次是澳大利亚和新西兰。现在，一些亚洲国家的年轻一辈也开始倾向于过"洋节"。万圣节前夕，商店会摆出专柜卖万圣节的玩具，小商贩也会出售一些跟万圣节相关的玩偶或模型，以吸引年轻人的眼光。

事实上，我们早在一年前就把整个研究考察计划定下来了，也就是说，这次旅行我们已经期待了一年了。但是，至于船期是多长，会碰到好天气还是坏天气，就要听天由命了。因此，我们可以说是同船

一命。十年才能修得同船渡，大家彼此之间感情都特别融洽。

▲ 展翅飞翔的海鸟

在途中，我们看到了很多的海鸟，它们与鲸鱼、海豹和企鹅等生物共同生活在这个特别的生态环境里——一个从古到今都没有人居住的地方。当然，人类已经很了不起了，高山、海洋、沙漠、河流都能供人类居住，就是这个地方一直都没有人居住，究竟原因就是它的气候实在太恶劣了。

初到南极

我此行的目的，除了去感受南极大陆的生态环境以外，最重要的还有探访企鹅。

▼ 水中飞速游动的企鹅

企鹅可以在陆地上行走，也可以趴在冰雪上拨着它强而有力的后脚滑行。而到了海里面，它就更灵活了，游速非常快。

最有趣的是，企鹅的

眼睛非常特别。在海中捕食时,它会调整眼睛的焦距,使自己能够在水下看清楚,以方便捕捉磷虾、冰鱼等,就好像老鹰抓小鸡一样。可是到了陆地上,它又将眼睛的焦距调整到另外一种状态,以适应陆地上的环境。

南极是全世界最干燥的地方,以致浮冰上面漂着的都是干雪。我们此行要停留的雪丘岛,正是帝企鹅的栖息地之一。抵达雪丘岛之后,因为天气不好,破冰船停在了不能够再前进的位置,大家连下船都不行,

▲ 我兴奋地跳了起来

不得不在船上闷了两天。到了第三天,也就是 11 月 3 日(星期六),船长终于说可以下船进行 Ice Walk(冰上行走)了。当双脚真正踩到南极大陆的雪地上时,我兴奋地跳了起来。

当时已经 11 点半了,我们下去进行 Ice Walk 的时候,天还在下着雪,眼前一片雾蒙蒙的。不过太阳很给力,很快又出来了。这地上刚下过的雪,亮晶晶的,很美。

那些冰,有的甚至经过了几万年时间的堆积,在阳光的映照下,好像钻石撒在地上一样,非常得震撼,非常得漂亮。整个南极大陆比澳大利亚还大,表面 95% 都布满了白雪,所以一眼看过去,我们看到就是白雪皑皑一片。事实上这里面可有学问了,是什么呢?因为如果

你仔细地观察，会发现有些雪特别得白，有些雪却特别得蓝（雪在蓝色的冰上面，便成了蓝色），看起来非常漂亮。可是踏在蓝色的雪上面，我会特别地紧张，担心一脚踩上去它会崩塌，然后我会掉到大海里面，因为它看起来好像非常脆弱。其实这些蓝色的冰都有几万年的历史，非常坚固。既不会崩塌，又非常光滑，反倒是那些白色的雪和冰，是非常新的，相对来说比较危险。

南极是全世界最干燥的地方，也绝对是温度最低的地方，是整个地球最后的处女地。南极大陆数目最多的"陆上居民"恐怕要数企鹅了。为了探访体型最大的帝企鹅，了解它们每年都要成群从海边集体回到自己的出生地，选择配偶后交配并生蛋的独特过程，我在来南极之前就已掌握了大量相关的背景知识。

来到雪丘岛内陆的帝企鹅群居地之后，我看到了很多可爱的小帝企鹅。这些小企鹅被成年企鹅统一照顾，就跟生活在托儿所里一样。我们到那边的时候，小企鹅已经差不多一个月了，也就是说它们已经

▲ 被悉心照顾的小企鹅

见到了自己的妈妈。再过两个月，它们就可以自力更生了。

在小企鹅生出来之前，也就是在孵蛋期，事实上是由公企鹅负责照顾的。等到小企鹅孵出来时，母企鹅也差不多该从海里捕食回来了，这时，小企鹅就要开始吃东西了。然而，小企鹅吃的第一口"奶水"，不是母企鹅给的，而是公企鹅给的。公企鹅真的很感人，也很伟大，它把囤积在自己体内的那最后一点食物全部吐出来给小宝宝吃。

▲ 公企鹅喂自己的宝宝

如果说人与人之间有一种信任和期待，在这个时候，公企鹅跟母企鹅之间也是一样，完全就是一种超越语言的感应信守。企鹅会轮流更换岗位到遥远的海里捕食，如此交替来喂食小企鹅，它们相信自己的先生或太太一定会回来，会带着从海里捕到的鱼虾，回来喂自己和小宝宝。

我的个人演唱会

在观察过程中，有一个发现让我非常感动，那就是，帝企鹅们能够透过对声波的敏锐反应，在几万只小企鹅里面准确地分辨出哪一只小宝宝是自己的，还能找到自己当季的丈夫在哪里，妻子又在哪里。这对我们人类来讲，是完全不能实现的。即使是演奏小提琴或者二胡的音乐家，他们的听觉和音感已经相当了不起了，可是对于很多声波的分辨能力，仍然没有办法达到像企鹅这么敏锐。当然，是南极的特殊生态环境练就了它们敏锐的听力。

毕竟企鹅跟人是完全不同的物种，要和野生的企鹅进行交流，几乎是不可能的。当时，我把摄影机放在三脚架上，然后自己对着镜头坐在冰地上。可是坐着挺无聊的，我就开始唱歌。

当然，我也不是平白无故就瞎唱，唱歌的原因是我有一个大胆的假设：既然企鹅，特

▲ 顺利找到自己丈夫与宝宝的母企鹅

▲ 两只企鹅被我的歌声吸引过来

别是帝企鹅，有如此敏锐的听觉，那么它们对人的声音，特别是歌声，会不会产生一些反应呢？于是，我就开始坐在冰上唱。唱了一会儿之后，我惊奇地发现：一只企鹅过来了，它在听我唱歌。后来两只、三只企鹅都过来了。

一个法国研究学者来到我这里，看到这个景象觉得太奇特了：谁也没有想到人的歌声竟会让企鹅有如此奇妙的感应，它们真的全部都停下前往海边的脚步，有的甚至直接走近我的身边倾心聆听。于是，他也驻足下来，并帮我拍摄记录，因为我的摄像机所放的位置完全被

企鹅挡住了。我真的非常感谢他帮我记录下好几段珍贵的画面。

"你问我爱你有多深，我爱你有几分……"讲起来挺有意思的，我发现企鹅对《月亮代表我的心》这首歌好像特别有好感。

接着，我到了企鹅们的栖息地，白色的雪地上夹杂着一些其他颜色。告诉大家，那都是企鹅得粪便。但是，坐在那里看着大企鹅、小企鹅就在自己后面，那感觉真的很好，我也就不会在意是不是很脏很臭了。

为了验证自己的发现，我又接连找了好几个企鹅栖息地，继续自己的发声实验。从娱乐角度来看，我自己曾是一位歌手，那这次南极之旅就已经变成了一次"赶场歌友会"，只不过听众是那些可爱的帝企鹅罢了。

不过，我不能够走到企鹅群里去，只能待在外围唱歌。而当我开唱后，企鹅们就会慢慢向我靠近，有的甚至是趴在雪地上慢慢滑行过来的，最后它们竟然以我为中心围成了一个圈，大小企鹅全部靠了过来。

我整整连续唱了一个小时，每一只企鹅都听得非常入神，它们甚至还会大声地跟我合唱。这里瞬间也变成了我的"南极雪上歌厅"。

▼ 我被企鹅包围了

可见，企鹅的音感确实非常强，可以让人类有很多跟它互动的机会。今天我做的这个实验，非常成功！

这些画面，可以说是一种机缘巧合，可以说是一种心灵感应测试，也可以说是一项生物科考实验。但最重要的是，在这个过程中，我发现企鹅真的非常开心。

有一群公企鹅，原本要去海里捕鱼吃，可是真不好意思，我一张口，它们就都停下来听我唱歌了。于是我又再为它们思念着的远方妻小而唱了一首《在那遥远的地方》。

在那遥远的地方

有位好姑娘

人们走过了她的帐房

都要回头留恋地张望

她那粉红的笑脸

好像红太阳

她那美丽动人的眼睛

好像晚上明媚的月亮

…………

它们可以用腹腔共鸣，产生"嘎"这种单音，还能产生一种多重音阶的卡农分音式共鸣——"嘎嘎嘎嘎……"甚至当我唱完《Love me tender》之后，有只大企鹅抬着头，挥着翅膀，好像为我鼓掌一样。

在成年企鹅喂食的时候，小企鹅确实会抬着头或者是凑到爸爸妈妈嘴边去讨要食物。当我唱完歌之后，有一只刚才也为我鼓掌的小企

▲ 小企鹅到我嘴里要东西吃

鹅竟然爬到了我的身上，凑到我的嘴边来要东西吃。一般来说，不同物种之间应该是避之而唯恐不及的，可是它却把我当成它的亲人一样。这真是非常难得的画面。

最让我无法忘怀的是：在我们的破冰船要离开南极大陆的那个傍晚，有一只企鹅竟然过来送我们，这太让我震撼了。

因为大家都知道我做了这个所谓的"唱歌实验"，所以一个法国学者就在即将离开的破冰船上开玩笑地跟我说："你不是会唱歌给企鹅听吗? 你再唱吧。"我想，反正闲着也是闲着，于是就一面摄像、一面唱：

你问我爱你有多深

我爱你有几分

你去想一想

你去看一看

月亮代表我的心

你问我爱你有多深

我爱你有几分

我的情也真

我的爱也深

月亮代表我的心

…………

当破冰船无法后退只能冲撞冰层，敲出回转船身的水路时，刚从海里跳上来的一只企鹅竟然走近我们的船旁，即使如此巨大的震动摇晃着它所驻足的冰层，它都不肯离去，只是仰头聆听，像沉醉在一股前世的乡愁里……等我们的船已经走远了，它才离开。这一幕让围观在高高船舷边原本矜傲自大的我们都哭了；大家于是分别回到各自的船舱里，不发一语。

这一幕，让我永生难忘。

我相信，南极大陆上的帝企鹅们一定将这一幕永远铭刻在它们的基因密码里了：曾经有一个完全不同的物种来到南极大陆，用奇妙的歌声与它们进行交流，我也希望有机会能够再回去。我相信，听过我唱歌的企鹅，应该还会记得我。当然对我来讲，这也是永生难忘的美好回忆，至死不渝。

06／雨林深处有人家

世界上，每一条河旁边都住着不同的人民，所以来到南美洲的亚马逊河，我当然要去拜访这里不同的民族。而在这里，唯一能够行走的方式就是乘船。这一次，我要乘船到加卦族的部落去看一看。这时竟然有一只小蜜蜂落到了我手指头尖上，它也不怕风吹，要跟我一起走。

▲ 有只小蜜蜂要跟我一起探访加卦族

喂松鼠猴

在行进过程中，我和船长有说有笑。后来，他给了我一串儿香蕉，我问："给我香蕉干吗呢？难道这是我今天的午餐吗？"他说："NO，NO，NO，等一下你就知道了，我要给你一个惊喜。"

经过一片树林时，船停了下来。就像接头暗号一样，船长吹了几声口哨之后，树边的树枝上就响起了吱吱的回应声。然后，忽然出来了一群小猴子，它们实在是太可爱了。

> **→ 知识点 ←**
>
> 亚马逊河哺育了河岸两边的人民，也孕育了这片辽阔的热带雨林，使亚马逊河流域成为了世界上公认的最神秘的动物王国。

因为船只经常经过这个地方，所以只要船上有人吃香蕉，那些猴子就会"吱吱吱"地叫，向过路人要香蕉。而这个船长，早就谙于此道。并且，他们之间还形成了一种默契：只要这个船长一吹起哨子，小猴子们就知道有香蕉吃了，全都出来了。当然，这也让我有机会第一次跟这么多可爱的小猴子相遇。

"它们叫 TiTi。"船长说。

好可爱的 TiTi。

> **→ 知识点 ←**
>
> 这种被当地人称为 TiTi 的小猴子学名叫做松鼠猴，是南美洲特有的物种。属小型猴类，容易驯养和繁殖，是一种正逐渐宠物化的动物。它们体重只有 750 ～ 1100 克，体长 20 ～ 40 厘米，而尾巴却长达 42 厘米，体形纤细，毛厚且柔软，体色鲜艳多彩，有一对眼距宽宽的大眼睛和一对大耳朵，极具观赏价值。它们的寿命为 10 ～ 12 年，主要以果子、坚果、昆虫、鸟卵等为食。

也许是发现今天来喂它们香蕉的并非船长，刚开始的时候小猴子们非常小心翼翼，有些还在远处观望。但显然抵挡不住食物的诱惑，它们很快就开始你争我抢地享受这场香蕉大餐了。

这种猴子真的是"猴如其名",像松鼠一样非常灵巧活泼,在我身上爬来爬去,爬得我满身、满头、满脸,到处都是。它们扒香蕉、抢香蕉,剥香蕉皮的那个样子,实在太逗趣了。那个时候我觉得好幸福啊,能够和这一群小猴子贴得这么近。

我在不同的地方喂它们,以不同的角度、不同的姿势喂它们,目的就是要好好地欣赏这些毛茸茸的小可爱。

我连香蕉都来不及从网子里面拿出来,这些猴子们就已经开始你争我夺了,然后它们就在我身边窜来窜去,开心极了。不幸的是,我被咬了一口,当然那只猴子不是故意的,可能它以为我的手指是香蕉呢。

▲ 我被猴子包围了

在旅行的时候,我会非常珍惜这些特殊的经验,以及与一些特殊的人、事、物的相遇。因此,我一点儿也不生气,这个伤口倒是一个甜蜜的回忆,这就是一次难忘的经验。

体验亚马逊式捕鱼

生活在这条河上的居民都非常善于捕鱼。我在另外一艘船上静静地看着他们娴熟地捕着鱼，并不时地记录下精彩镜头。

▲ 当地人捕到的大鱼

哇，太棒了！他们捕到一只很大的鱼，而且还有胡须，应该是鲶鱼。

在船长的同意之下，我爬到了他们的船上。这也是很有趣的一个经验，生活在都市里的人，一般来讲很难有机会去试试拉网的感觉。

我发现，拉网是很需要力道的。

"哇，又是一条。"我惊叹道。

在拉网的互动过程中，我跟那些渔民变成了好兄弟，都非常开心。他们也教我认识了在这条世界最大流域的河流里面到底有哪些鱼种，这些大大小小的鱼就是当地人民的食物。这一条亚马逊河塑造了全世界独一无二的雨林生活。

挑战霸王莲叶

船只继续向亚马逊雨林地带深入，这时船长告诉我，附近有一种特别的景观不能错过，那就是亚马逊霸王莲，其宽阔的莲叶，可以撑起一个六七十公斤的成年人。

在亚马逊旅行主要靠乘船，因此所有河面上的景象都非常吸引我。

我请船长向附近的渔民借了一艘扁舟，然后独自划进了那大片的莲花世界。

"好大，你看，哇，这么大！"我惊叹道。

这种莲花就是世界最大的莲花，英文名字叫做 Victoria water lily，也就是维多利亚莲花。这种莲花不但叶子大，它的花也很大，只不过花的习性比较特别，通常半夜才会开放，并且只有三天的花期，最后一天的时候，它就慢慢地枯萎在水面上。我划着船来到河岸上，然后踩在泥巴里，泥巴很深，而且非常黏。

其实，这一次在亚马逊旅行，我希望有机会能够踩在这种莲花上。之前在台湾的时候，我也有过一次机会，因为同样的莲花终于在台湾培育成功了。踩上去之后，我以为我可以成功，没想到因为支点不正确而失败了。

▲ 维多利亚霸王莲叶

这次是在亚马逊河，维多利亚莲花的原产地，我的机会来了。

虽然莲叶可以承载八九十公斤的重量，但前提是一定要踩得非常平衡，否则也会沉下去。这一次因为我踩得非常平衡，所以成功地踩在了上面。

挑战霸王莲叶成功！

▲ 成功站在了霸王莲叶上

站在上面修行，可以修身养性，还可以考验我们的沉着、冷静和平衡度。就那样悬浮在水面上，太奇妙了！

千奇百怪的植物，长相奇特的动物，这就是"地球之肺"亚马逊绿色的生命王国。但是我认为这个王国里最吸引人的还是在这片丛林中生活了千百年的原始部落。

探访加卦族

沿着亚马逊河继续前行，不一会儿工夫我便在河岸边发现了一群打扮奇特的土著妇女。我的心"砰砰"地跳，这是个千载难逢的机会，她们是不是传说中的加卦族人（Yogua）呢？一番打听之后，我得知原来她们就是自己此行要寻找的加卦族。这个意外的收获，让我特别高兴。

在那批外出捕鱼的加卦族人的带领下，我来到了他们的部落。让我没有想到的是，这个土著部落相当得热闹，很多加卦族人热情地向我展示具有民族特色的小饰品，像棕榈叶剥丝的草裙、食人鱼的骨头、画在皮肤上的红果实、金刚鹦鹉的羽毛等，都是他们的装饰品。我也被他们打扮了一番，还真是很特别。

▲ 我首次的土著打扮

"我可以到你家里去吗？"我

问其中一个男子。

"跟着我。"他爽快地回答。

▲ 当地土著将脸涂得红红的

我来到他的房子里面参观，发现他们的房顶都是草编的。

这个地方的民众都喜欢将脸上涂得红红的。他们脸上的这种油彩是从哪里来的呢？这是一种叫做"阿秋荻"的植物果实。

> → 知识点 ←

这种叫做阿秋荻的植物果实是部落族人用来彩绘身体的天然颜料。加卦人喜欢用红色来装扮自己，在过去相当长的一段时间内，他们曾被人们误认为是红种人。

第一次见识这种染料的我，也体验了一把。

部落族人告诉我，他们马上要到河边去举行一个祭奠仪式。渴望

▲ 我在被当地土著涂脸

▲ 当地人帮我穿草裙、戴帽子

▲ 18年后我释放自己融入土著生活

了解更多原始部落文化的我，当然不会错过这个机会。为什么要举行祭奠仪式呢？带着疑问，我和这群加卦人来到了祭祀的地点。

原来，有一个小孩在游泳玩耍的时候不小心淹死了，所以他们希望能够驱赶水鬼，同时也悼念这个孩子。

我跟他们比手画脚，说我好欣赏他们的民族，希望能够多了解一些他们的文化。他们中有人二话不说，直接把自己身上的草裙拆下来，然后帮我穿上。

来到树林里以后，祭奠仪式就要正式开始了。这时，巫师拿出了我之前见到的那种植物果实。

"每个人都涂吗？"我问。

"是的。"巫师回答。

原来这是他们每次祭奠开始时的必要步骤。每个族人都涂完这种植物果实之后，祭奠的仪式正式开始！

虽然这是一次祭奠仪式，但我发现人们脸上并没有悲哀的表情，他们反倒唱起了欢乐的歌曲，用鼓点和舞蹈来送亲人最后一程。这一点让我感到非常奇怪。

整个祭奠就在我的眼前进行。他们吹着一种短短的笛子，大家也敲着简易的鼓，旋律都极其简单。虽然节奏有点单调，可是大家都非常真诚。同时，我也拉着两位妇女的手，参与了这项祭奠活动。在变换队形的时候，大家好像在排一个阵势一样。我就跟着他们走，去体会他们老祖先留下来的古老舞蹈步伐。

他们之中有一个吹笛子的人突然爬到了树上，然后吹着笛子鸟瞰着下面的我们。他还跟我招招手，示意我也可以爬到树上去。

其实我不是很会爬树，而且那棵树有点高，又没有什么扶的，但我也不晓得当时哪来的勇气，居然也很快地就爬上去了。爬上去以后，我敲着鼓，他吹着笛子。

▲ 我随着大家一起祭奠逝者

▲ 我生平第一次爬到树上敲鼓

以前我在自己自己的文化观念中都会觉得，一个母亲失去孩子之后，应该用哭、用悲伤、用忧愁去悼念。但令我很惊讶的是，亚马逊的加卦族却是用欢乐的唱歌跳舞带着他玩的方式，送这孩子短短生命

里的最后一程。我们这些生活在都市的人，往往都忘记用最大的欢乐
去消解那些我们无法改变的伤痛，这或许才是我们现代人心灵桎梏下
最珍贵的解药。我感到自己也好像帝企鹅听到人的歌声般，现在身处
这种氛围之中听到加卦族人的歌声，真像回到了心灵的故乡。

自己的故乡在什么地方？身处旅途中的我会回答说：自己的故乡，
也可以存在于各个异乡，而在每一个异乡当中，经由人与人之间的交流，
就能迸发出一种人类共同的情感。此时，所谓的异乡也就变成了我们
无处不在的故乡了。

所以，我太感激他们了，这是我在热带雨林里上的第一课。我会
永远记着他们——可爱的加卦族。因为在前后 18 年间我去了两次，幸
运地遇见同一群加卦族人。第一次时，36 岁的酋长亲自划着船带我了
解他们的文化；没想到 18 年后却听说他在我走的几年后就死了，现在

▲ 这一次由我为加卦族人来划船

由他同样 36 岁的儿子继任酋长。他
还清晰地记得 18 年前他才 18 岁的
时候认得的我，因此对我分外亲切
热诚，我也不再像 18 年前那么害羞，
连衣服都不敢脱；现在的我不但立
刻当场脱了衣裤鞋袜，换上他们的
装束，还为族人们划船呢！

又到了告别的时候，我与新酋长深深久久地抱在一起，虽然语言
不通，但我们却是在几近于肝肠寸断的心情下说再见。这是由于当地
人因为不得已近亲通婚，再加上卫生条件差，几乎都逃不过"活不过

▲ 我和新酋长紧紧相拥

▲ 乐观的加卦族人却有活不过 40 岁的可怕诅咒

40 岁的诅咒"。算算我此去，不必等 18 年再来，新酋长就已然逝去。面对此生可能最后一次的相聚拥抱，两个天南地北的男人竟抱得这般无奈感动，不能自已。

07/寻找失落的成年礼

在亚马逊河流域的很多部落中，少男少女在十三四岁时将要迎来他们生命中的第一个非常重要的仪式——成年礼。只有经受住成年礼的考验，才意味着他们完成了从少年到成人的最后过渡。由于原始部落的锐减和现代文明的侵入，这项传统仪式正面临着消失的命运。一次偶然的机会，我参与和见证了提库纳族（Tikuna）的最后一次少女成年礼。

初识亚马逊河提库纳族

我看到岸边有一对夫妻，他们带着很多很多的孩子。

"朋友你好。"我打招呼道。

他们穿着比较现代的衣服。后来一问才知道，他们属于巴西、秘鲁、哥伦比亚交界区域里面最大的族群——提库纳族。而这个族群有一大部分都已经慢慢被外面的城镇所同化，丢失了很多古老的文化，这不免有些可惜。不过，他们的长相和生活方式，还是有一点原味的东西可以让我们来体会。

这对夫妻告诉我，附近的村子里正在举行提库纳族的少女成年礼。这种古老的少女成年礼已经有 2000 多年的历史，但是在外部强势文明的侵入下，村子里已经越来越难得再举行这样的传统仪式了。带着一丝欣喜和怀疑，我决定去碰碰运气。

我看到很多的船只都向那个村子行驶，原来这可能是整个提库纳族最后一次少女成年礼了。大家可能很难想象，为什么要为少女进行成年礼呢？因为亚马逊河大多数的部落都是母系社会。在母系社会里面，每一位女性都要担负起生儿育女和传承族群的重任。如果每一位女性都能怀孕并生产，而且能够安居持家，那整个族群就能够繁衍生息，不至于担心会灭绝。

▲ 亚马逊是母系社会，特别重视少女成年

因此，在亚马逊河这个母系社会里面，当一位少女的月事第一次来了之后，族人就会让她知道肩头的担子，让她了解自己对于整个族群的使命。这个即将被现代文明同化的提库纳族，虽然人口众多，可是也在不断地流失自己的文化。

对所有的族人来说，这是让人既高兴又感伤的一天，因为在现场，很多人都穿上了现代的衣服，而传统的服饰和文化传统可能很快会向大家说再见，永远在咱们的地球村里消失了。

考验一：剪头发

这次参加成年礼的少女一共有三位，她们年龄分别是 11 岁、12 岁和 13 岁。我跑到一个屋子里，发现里面有一点黑，就又跑到一个能够映着阳光的角落，以便能看得更清楚些。

在成年礼上，提库纳族部落的少女都会经历一个特别的仪式——剪头发。剪头发的时候要非常细心，要保留她头顶那一撮小小的发根，不能够都剪掉。

由长老们给三个少女进行剪头发的仪式，这代表成年后重新开始。

在剪头发的过程中，我就特别好奇，为什么要拎起那一小撮头发呢？后来我才知道，这代表她们和祖先联系的桥梁。从剪头发开始，三位少女要面对成年礼的一连串考验。

旁边还有很多族人在吹笛子、打鼓，而一个敲着木杖的祭司巫婆在吟唱着古老的歌谣，整个仪式就在歌声当中进行。巫婆的木杖上面还有一些植物做成的铃铛。我不自觉地靠近这个巫婆，细细看着她脸

▲ 参加末代成年礼的三位少女

▲ 即将失传的祭司巫婆

上的岁月痕迹，还跟着她教我唱的古谣，牙牙学语般地走进这个古老
民族的内心世界——这才是一个族群最真实感动的写照。

遥想 70 年前，她可能跟这些少女一样，也经历了同样的成年礼。
而这一天，却可能是她最后一次为自己的后代做成年礼，也为自己的
族群在这一方面的传统画下一个终极感伤的句点。她说没有人愿意跟
她学，将来她死了就要把这成年礼的祭仪一起带进坟墓了。

当然，我也很诚实地告诉大家：其实作为一名行者，到世界各地
旅行不可能永远顺遂，处处大受欢迎；这次我确实就遇到非常多的困难。
比如，我拍摄旁边正在伴奏的男人们时，他们就显得非常反感和不高
兴。这是他们的最后一次成年礼，是最感伤的事情，他们可能会觉得：
你一个外来的人，干吗来打扰我们？
因此，接下来我只能在语言不通
的情形下，用自己的行动来让他们
了解我是真的非常非常愿意向他们
学习。

▲ 我跟着大家一起打鼓

因为我不断地跟他们沟通，尤
其是我很努力、很虚心地在旁边静
静地聆听，静静地学习，后来他们
居然不但让我拍摄，而且还让我一起加入了打鼓演奏的行列。

考验二：穿耳洞

三位少女都被剪完了头发，接下来还要经历另外一个煎熬，那就是耳朵要被针穿过形成耳洞。在针慢慢刺穿耳垂的过程中，她们都是用手遮着脸，或者表现出非常痛苦的表情。

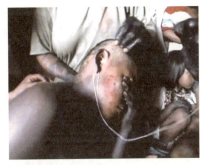

▲ 穿耳洞

大家千万不要觉得这个有点残忍，其实我们现在社会很多人不但穿耳洞，还穿鼻洞。现代的一些流行文化、嘻哈风，仔细想想，其实很可能就是跟这些原始部落学来的。

> ▶ 知识点 ◀
>
> 在很多原始部落的成年礼中，族人们会设置各种考验。美洲的一些部落中，男子必须活吞一条蜥蜴来证明他们的男人气概；围兜兜族的少女则要经受成千上万只蚂蚁在身上叮咬的痛苦。

对于这三位提库纳族少女来说，真正的考验还在后面。这时，一个小婴儿闯入了我的视线。我感到非常奇怪：这么小的小孩，还没有成年，为什么要来呢？难道这么小的孩子也要接受成年礼？原来，这是最后一次成年礼，以后就再也没有机会办了。有的妈妈怕自己的小孩将来没有机会接受成年礼的祝福，所以把自己的小婴儿——一个可爱的小女娃娃，也从大老远抱了过来，为其先穿了耳洞，象征性地接受了成年礼的祝福。

其实每一段画面的背后都有故事，而每一个人也都在他自己生活的环境里面仔细地感受，也仔细地体会，有些东西得到了，有些东西失去了，而有些东西就在这个村子里面不断地流转。

我看到，三位少女即将得到成年的喜悦，当然她们也将挥别眷恋的童年。然后，她们手搭着肩膀开始不断顺时针绕圈子。就在这个时候，整个成年礼达到高潮，旁边的乐声也越奏越起劲，特别是巫婆的歌声，旋律动人，引人入胜。所有的成年礼参与者都默默地感受和体会着这个古老的传统。

考验三：掷火红的木炭

屋内的仪式还没结束，一群身着怪异服装的人已经开始在外面载歌载舞。接下来，少女们将要接受她们成年礼中的另一个考验。

▲ 当地人吹奏的笛子

身着盛装的少女，被父亲带到屋外，外面已经围满了前来祝福的村民和亲属。我也为这三位少女送去了自己的祝福。成年礼第三部分的仪式就要开始了。

三位少女被带到后面去，她们的家人在旁边吹一种简单的笛子，跟排笛很类似。而最重要的是，

▲ 村子里的男人身着树皮制成的服装

一听到这个声音，人们就晓得有一个意义重大的环节开始了。

马上，整个村子的男人都穿着非常奇特的服装来为这三名少女庆祝。原来，整个少女成年礼告一段落之后，在村子的广场上一场热闹的庆祝活动才正式开始。他们踩着前后、前后、前后的节拍，跑得非常起劲，这种步伐好像亚马逊河水流动的声音。

那三位少女由她们的妈妈、姐姐和阿姨陪着，也在队伍的后面亦步亦趋。每一个村民，特别是男人们，都穿戴上树皮做的衣服和面具。这就是他们的传统，他们要打扮成亚马逊丛林里面可怕的毒蛇、猛兽和猛禽，以把那些不好的妖魔鬼怪全都赶走，而把最好的福气留给这三位少女。你可以看到他们头上戴的面具，有的像蟒蛇，有的像鳄鱼，有的像美洲豹，也有的像鹦鹉。把树皮做得这么柔软，可以像布料一样来使用，这是提库纳族最擅长的。不过，这种树皮衣的制作工艺几乎要失传了。

　　我更好奇的是，在整个成年礼进行到这里时，屋子内又开始了另外一种不同的仪式。他们在一根细细的树枝上绑了一个大大的乌龟壳，乌龟壳上面还黏了一些羽毛并涂了一些红色的汁液。女孩子可以用这样的乌龟壳来许愿。祭司用他手里的棒子不断地敲打乌龟壳，声音非常的清脆，旁边的人们则附和着歌声：这是如乌龟般长寿又多子多孙的好兆头。

　　然后，队伍把三位少女带到了另外一个场地——一棵树的前面。

　　为什么要在一棵树的前面呢？因为每一个提库纳族人都相信，只要看到自己的土地长出一棵树，就代表人在这里能够活下去。对这个沿河而居的部落来说，树可以遮风避雨、遮挡强光，同时也可以让他们把树皮做成衣服，把树干搭成房子、凿成船只。

　　在族长和巫婆的协助下，祭司拿起烧红的木炭，然后让三位少女每个人都手握一块。木炭非常烫，这是对于她们胆识和勇气的考验。而在提库纳人的观念里，神圣的木炭可以烹调煮饭，然后喂养所有的族人。

▲ 其中一个少女握着木炭

　　三位少女握着滚烫的木炭，并向其吹了几口气，象征着她们把自己的气息和那棵树以及所有的祖先与族人都完全融合为一体。然后，三位少女分别将手中的木炭投向一棵树。少女们不但要投得准，还要投得远。刚刚好，她们都击中了那棵树的树干，这象征着这些少女已经像一棵树一样坚强，而且可以成为庇荫整个族群的大树。

考验四：母亲河洗礼

完成了这项仪式之后，所有的族人开始往他们的母亲之河——亚马逊河走去。

> **→ 知识点 ←**
>
> 生活在亚马逊河附近的提库纳族人世代依靠狩猎和捕鱼为生，丛林与河流是他们生活的全部来源。接下来，三名少女要在亚马逊河的河水中沐浴，接受母亲之河的祝福，为成年礼画上句号。

我们就在河岸旁边泥泞而坎坷的土地上行走。这一整片区域，就是他们熟悉而且每天捕鱼和生活的地方。可是这一刻，所有的族人，其实不只是踏着自己的步伐，也踏着祖先的步伐，走向河岸边。

那个祭司抽着烟，戴着现代的帽子，好像不断地告诉我们，这真的就是这个村子最后一次传统的少女成年礼了。所有的族人都围绕在亚马逊岸边，三位少女的母亲、阿姨、姐妹们也跟着跳舞祈福。

族人们拿起那个乌龟壳和一根树枝放在河面上，然后做了一些特别的仪式。之后那三位少女整个人要完全浸到孕育他们生命的亚马逊河的河水里，以顺时针的方式绕三圈。

就这样，在族人的祝福声中，三位提库纳族少女在母亲之河的河

▲ 祭司为少女祈福

水中完成了成年礼的最后洗礼。

祭司用特殊的仪式为少女祈祷，祝福她们将用最纯净的身体孕育健壮而又充满智慧的提库纳族子孙。岸边的人们把象征着对祖先尊敬的树枝抛入水中，庆祝少女成年礼的结束。

整个少女成年礼就此告一段落，我在有生之年参与了这个族群最后一次的少女成年礼。

就在这个难得的机会里，我们在河岸边留下了珍贵的影像，算是向三位少女道了一声喜。

好的，再见了，绝响的成年礼。

他们居住在亚马逊河边的原始丛林中，却是最具时尚触觉的"时尚先生"；他们从没有进过课堂，却被称为"丛林博士"。他们就是我此行要寻找的"蕉叶族"。他们也属于提库纳族的一支，只因为他们善于用芭蕉叶来穿着，所以才有此昵称。

与指猴亲密接触

在亚马逊旅行，当然得乘船。雇了一艘船之后，我就进入了这片世界最大的河水流域，而亚马逊河也是仅次于尼罗河的第二长河。在河流沿岸，总会有一些奇特的野生动物与我不期而遇。沿途，我们还见到了一些船屋。附近的居民很有意思，他们直接住在河上，船和房子是一体的。

他们家养着鹦鹉。更有趣的是，他们让我看到了从来没见识过的指猴。指猴只有手指般大小，10 ～ 12 公分，80 ～ 100 克重。这是全世界最小的猴子，很可爱。指猴也叫做茸猴，因为它毛茸茸的，非

▲ 指猴

常讨人喜欢。它长有大大的眼睛，非常温驯。很多外地人想把它带离亚马逊河，却发现它没有办法在外界存活。许多当地的部落，甚至是镇里的居民，也很喜欢养这种小猴子当宠物。它们会在人身上跑来跑去，特别可爱。

　　指猴捕食的方式很特别，它习惯用中指去敲树皮，如果听到空空的声音，就表示里面可能会有虫子，然后它再将中指伸进去把虫给掏出来吃。指猴每胎只生一只小猴子。刚生出来时，小猴子就像一个小小的蚕蛹。指猴现在已经濒临灭绝了。

　　我从没有让一个小猴子跟我这么得贴近，我期待它能给我这一次旅行带来好运。

食人鱼午餐

　　我一次又一次深入亚马逊，无外乎是希望继续了解当地不同民族的生活形态，以及寻找另外一个民族——蕉叶族。尽管蕉叶族是当地最大的族群——提库纳族群的一支，但我还是被他们特有的生活智慧和传统所吸引。

当然，我要乘着小艇一路跟着船长快快去找，去询问。我们将船停在河边，然后来到了森林的一个角落，发现当地的很多居民在捕鱼或者工作之后在那儿休息。

我真的很不好意思，刚好赶上了他们吃饭的时间。在旅行的时候，这是一件非常耐人寻味的事。往往我们都怕麻烦别人，或者认为别人也怕你麻烦他，可是在旅行的过程中，歌唱、舞蹈是一种交流的方式，吃喝也是一种互相交流的方式。

我也跟着他们去烤鱼、煮鱼，然后大口地吃鱼。看到我这样的吃法，他们很开心，因为他们觉得，一个外地来的人也吃得这么津津有味，自己的食物好像非常美味。

▲ 锅里的食人鱼

大家可能很好奇，锅子里到底是什么鱼呢？其实是亚马逊最凶猛的食人鱼。煮熟的食人鱼，可以吃吗？当然可以，并且味道非常好。

煮着鲜鱼的锅子底下有柴火，柴火里面还烤了很多鲜鱼。所以说，他们是一鱼两吃。除了食人鱼当食材以外，旁边还有棕色的、脏脏的东西，那是一个天然的蚂

▲ 蚂蚁窝

蚁窝。他们会将蚂蚁窝从树上拨下来，往里面看，你会看到蚂蚁的幼虫，让人稍微有点恶心。我必须告诉你，这也是这群亚马逊朋友们的食物。

他们非常好客，就连妇女，也很大方地在我旁边喂奶。

"多大了，小宝宝？"我问。

"一个月大。"妇女回答。

小宝宝还不能吃鱼，它瞪着一双大大的眼睛，可爱极了。我想到了刚才那些可爱的小猴子。

▲ 提库纳族人的牙齿

在与这群渔民聊天时，我发现他们都缺了几颗牙齿，有些奇怪，一问才知道，原来在土著的眼中，这是美的标志。在这群热心的渔民的帮助下，我终于找到了传说中的蕉叶族，并向他们请教如何在亚马逊河上钓到凶猛的食人鱼的技巧。

亚马逊河流域的"神农氏"

找到蕉叶族之后，我终于明白了这个族群名称的由来：他们把香蕉叶撕成两半，裹在身上，再用香蕉树的树皮做固定，一件样式简单又非常凉快的短裙就制作完成了。这样的短裙就地取材，而且还可以随时换新的，非常方便，只不过这条时髦短裙是由男人来穿的。他们真是名副其实的"蕉叶族"。蕉叶族最大的本事是：他们完完全全是整个亚马逊热带雨林的主人。接下来，我跟着这群亚马逊真正的主人去看一看他们的"后花园"。

▲ 我的香蕉叶短裙

这里不可避免地有很多蚊子。他们将一些枝叶缠绕在我的身上，当然这并不是为了美观，而是因为那是一种可以防蚊虫的枝叶。然后，我们进入到了丛林里面。

大家可不要笑我，我每次看到不同的植物、药草等，第一句话就是："我可以吃吗？"

"NO，这个不能吃，可以用来治病。"他们回答道。

▲ 在身上缠绕防蚊的枝叶

原来，每一种植物都有不同的功能，比如，有的用来治胃病，有的用来擦脸保护皮肤，有的用来做燃料，更有趣的是，有的用来抹在身上防热防晒。

"这个是用来擦脸的，不能吃，只能用来擦脸。"他们说。

接着，我又看到一种奇特的果子，我又问："我可以吃吗？"

"不能，只能给鱼吃。鱼爱吃这个，我们用这个来钓鱼。"他们回答道。

我将果子捏碎抹在手上，红红的好像一团血浆，闻起来香香的。

▲ 刮树皮

我其实真的很想尝尝看，但是他们说不能吃，我也只有流着口水忍着。

在他们教导我认识亚马逊丛林各种植物的过程中，让我印象最深刻的是：他们会刮一种树的树皮，然后将树皮的碎屑抹在身上。丛林的晚上，其实风挺凉的，他们就是靠这些树皮纤维的天然滋润以及它产生的天然气味，帮助身体适应日夜温差的变化，并驱散丛林里的瘴疬之气——这就是大自然中蕴藏的智慧。

在丛林里面你会发现，平常我们读什么学士、硕士、博士都没用，到了这里他们才是真正的博士。

如果没有蕉叶族人的介绍，我们会觉得那不过就是一团植物，但他们几乎可以说出每一棵植物的名字，也知道每一种植物的用途。就像我们的老祖先神农氏一样，尝遍百草，知道不同的草药功效。这一群"亚马逊的博士"，他们真的非常了不起，他们知道怎样运用这些大自然的宝物。

学习捕捉食人鱼

亚马逊河中丰富的鱼类资源让每一个蕉叶族人都成了钓鱼高手，接下来我要向蕉叶族的朋友请教如何钓食人鱼。

▲ 学捕食人鱼

> **→ 知识点 ←**
>
> 食人鱼体型不大，却因其凶猛好斗的特点被人称为"水中狼族"，一旦不幸落入有食人鱼的河中，刚才还活蹦乱跳的动物用不了几分钟就变成了一副骨架。因此，跟通常的钓鱼方法相反，钓食人鱼时要用竹竿轻击水面，来吸引这种好斗的鱼的注意。

在这之前，我根本不会钓鱼，更别谈钓食人鱼了。

在船上，船夫先是教我怎么做鱼竿。鱼竿其实就是一根削得细细长长的木棍。不要看它细细的很容易断，其实他们选的那种木料特别有韧性。

然后，我们乘坐一叶吃水很深的扁舟去钓鱼。他们这个扁舟还真扁，扁到船沿和水面非常得近，可是他们倒是安之若素地一边划着桨，一边教我怎么钓鱼。

钓鱼还真是一门学问。鱼饵是什么呢？最好是新鲜的鸡肉，才能吸引食人鱼很快地过来咬食。当感觉到鱼竿有微微振动时，也就是食人鱼开始拉扯鱼饵的时候，你就必须赶紧抽起收竿，不然的话鱼饵和鱼钩都会被食人鱼锋利的牙齿咬断并吞下去。一开始我一只都钓不到，经过几次的练习之后，我也钓起了食人鱼。好大的食人鱼啊，是不是战绩不错？

我把它的嘴巴掰开，看到它的牙齿真的是非常锋利，像一排小锯子，难怪五分钟之内一群食人鱼可以吃掉

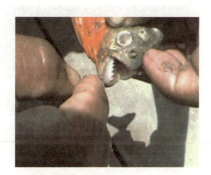

▲ 我钓到的食人鱼

一只牛。食人鱼虽然小，但是非常凶猛，更何况它们是群体攻击。

> **→ 知识点 ←**
>
> 许多牧牛人在通过河流的时候，会让一只最瘦弱的老牛先行。这头瘦弱
> 的老牛就会被食人鱼缠住吞食，而也就在这短短的五分钟内，人和其他
> 的牲口必须尽快到达河的另一边。这是亚马逊很多部族老祖先告诉他们
> 的。

第一次尝试钓凶猛的食人鱼，我有些胆战心惊，但没想到自己很快就将跟河里的食人鱼有一次近距离的亲密接触。

在其他船夫的同意这么下，我跨到他们的船上学习捕鱼。这一次，我学习的是在船上撒网捕鱼。这个需要一点技巧，而且需要强大的腰部扭力。

一网撒下去，竟然一条食人鱼都没有。

我只想赶快学会撒网，所以动得实在太厉害了，常常让船进水。可是当时我只专注在怎么样来撒网，没有注意到船夫一直把水往外面舀。终于不幸的事情发生了，我掉到河里了。

▲ 我学习撒网捕鱼

▲ 我们的船沉了

沉下去的那一刻，我没法想象内心的焦虑和紧张，因为河里的食人鱼已经向我游了过来。你知道吗，它们好像能分辨得出哪一个是外地来的肉，似乎觉得从来没尝过，于是都过来尝鲜了。

那个时候，我真的不知道自己的双手是应该用来游泳还是保护自己的胯下。食人鱼就跟鲨鱼一样，闻到血腥味之后就会蜂拥而至。我很担心刚才被蚊子咬的伤口有没有关系。还好，一点点被叮的血，不会引起它们对血腥味的反应。我在水里拼命游，可是水下食人鱼太多了，我分明感到自己撞到了好多条。碰到食人鱼是什么感觉呢？可以告诉大家，它们的鳞片滑溜溜、湿淋淋的，非常非常得可怕。

幸好，我顺利爬回到了另一条船上，全身也湿了。当然，我对那位船夫感到特别抱歉，因为他所有捕到的鱼都被我沉到了河里，甚至当时连船都沉到河底了。那个时候，我真的非常尴尬，他沉到河底去把船拎起来，我就死命地举着他的网。只能跟他说一声对不起，真的很感谢他那样宽容，原谅我这个如此笨拙的外地人。

虽然尴尬地变成了落汤鸡，但我没有忘记钓鱼的使命。让我非常高兴的是，在刚刚浮上来的小船里竟然有一条食人鱼。雪耻的机会来了，那就是享受一顿丰盛的食人鱼大餐。

他们真的是名副其实的蕉叶族，他们把食人鱼捕上来后，也会依祖先古法，直接用芭蕉叶包住鱼，然后放在大锅子里煮。

这样一来，食人鱼的肉就会很嫩，又不会焦，而且能够很快地焖熟。然后，我们就把一包一包的蕉叶拿起来，一打开，真是香喷喷的。

经过这样的焖煮，食人鱼的味道还真的是不错，比刚才用水煮的或者用火烤的，肉质更加鲜美和细腻。

　　回到船上，我换上了干爽的衣服，让忙碌了一天的自己躺在床上，欣赏着夕阳，享受着亚马逊河温柔的晚风。

09 / 我的森林派对

清晨的亚马逊丛林似乎还没有从薄雾中醒来，一群原始部落——围兜兜族人（Huitotos）已经开始忙碌。对于他们来说，这是一个特殊的日子。今天这里将要举行一个围兜兜族少女的成年礼。一大早，少女和她的家人便开始在为仪式做准备。这个两千多年来一直没有被外部世界记录下来的原始部落的仪式将会第一次呈现在大家面前。

到了那个地方，我还以为自己已经迟到了，因为我想这些原始部落族人一定很早就开始进行整个仪式。可是行船的路程真的是非常得远，再加上要进入丛林，又担心找不到路，一路上跌跌撞撞的十分艰辛。幸好，让我赶上了，我终于松了一口气，因为妇女们才刚刚用传统的扫帚清扫即将要进行成年礼的祭场。见到我后，这些妇女们都非常开心，因为这是她们自己村子里的传统仪式，她们从来也没有想到会有一个外国人到这里来并加入其中。

这是个即将消失的民族，它的名字叫做围兜兜。这个族群的族人，全部用棕榈叶（Ralm leaves）来着装，女性都是裸露上半身的。我把它的名字 Huitotos，戏称为"围兜兜"——一个男男女女都在身上挂着"围兜兜"草裙的可爱的民族。这一群可爱的"围兜兜"将带着我进入他们生活的环境中去。

编草裙、画图腾

　　他们穿的棕榈叶竟然是用嘴巴撕开的，我也就兴高采烈地坐到他们旁边，跟大家一起学编草裙。龇牙咧嘴之下，可别忘了棕榈叶的边有点刮人，因此，要时刻注意莫让自己的嘴唇和脸受伤。而我总是最笨的那

▲ 我学着撕棕榈叶

▲ 编草裙

个，这边跌那边撞的。但是，那些老妈妈们把我的表现都看在眼里，且对我是越看越顺眼，因为她们觉得这个孩子挺好的，竟然会跟着来学做草裙。

　　一位老妈妈正在非常细心地编织，可是紧接着发生了一件事情——老妈妈被一根倾倒的木杆打到了脑袋。我很乖啊，这可不是我害她的！围兜兜的村民们看到这一幕，全都笑得非常开心，那位老妈妈也不以为然。大家与我更融洽地笑成了一团。

　　接着要进行第二步。他们把一根绳子系在两根木杆上，当绳子固定之后，再把刚才咬开的棕榈的嫩叶一根

一根地打个结套在上面。挂好之后，继续刮，使每片棕榈叶更细长。这样，一条非常别致的草裙就诞生了。当然，他们也不会忘记帮我也穿戴上草裙。

这条裙子完成了，是我的。

可以想象，我们这些没有穿过草裙的人，把原来的衣服脱掉而穿上草裙之后，草裙跟自己的肌肤亲密接触时，事实上感觉是挺痒的。后来回到住的地方，我解开草裙一看：不得了，几乎整个红了一圈，好像腰上套了一个游泳圈。

▲ 当地人帮我穿草裙

在成年礼还没开始之前，我看到两个妇女蹲在一边彼此在身上抓来摸去的，到底在做什么呢？

▲ 两位妇女正在相互捉虱子

原来她们在帮对方捉虱子，这是向对方表达好意的方式。

我蹲在旁边看，看得很入神，因为自己从来没有见过怎么会有人要互相抓虱子，并且她们看起来都很干净。后来我才知道，在热带雨林里面，会有很多的昆虫，特别是蚊蝇，因此卫生条件总是比较差一点，因此捉虱子就变成了他们人与人之间很好的沟通桥梁。

后来，她们说，既然我是人，那身上一定也有虱子，于是也到我身上来帮我捉虱子。这真是很有趣的回忆。

接下来有一件很重要的事情，那就是在祭奠开始之前，他们要做一些彩绘。他们找到了那种叫做阿秋荻的植物，它的果实有的剥开后

▲ 她们帮我画图腾

很可怕，里面爬满了虫子；有的剥开后却很美丽，里面是酒红色的果实。

每一个人都要画上他们围兜兜族的图腾。有趣的事情就要出现了：你帮我画，我帮你画，有的像是在画一条披肩，有的像是在画眼睛。她们画时胸有成竹，脑子里似乎很有所谓的美术线条的概念。

这时，那些土著妇女们都对我感到很好奇：为什么这个外地来的人，我们给他穿什么他就穿什么，给他吃什么他就吃什么，我们在他脸上画什么，他就让我们画什么呢？人与人之间的距离，就在这一来一往中，慢慢缩短了。她们变得更加亲切，非常愿意与我分享她们所有的传统和文化。

就在彼此画的过程中，我也深深地感觉到，这不就和她们彼此捉虱子一样吗？不过，她们把我画得还真是难看，我好像穿了一件铁甲的武士，脸上还戴着一个非常勇猛、彪悍的面具。

这是非常有趣的旅行经验。在旅行的时候，你可以放下所有的身段，抛开所有的架子，不必在意美丑高下、优劣好坏。

穿上特制的草裙，画上围兜兜族的图腾，我俨然已经是一个原住民了。

在 20 多年的旅行生涯中，我最快乐的事情就是和当地人打成一片。我努力融入部落文化的举动，也赢得了围兜兜族人的好感。

成年礼上的动物嘉宾

经过一番准备之后，我看到大家分别拿出了自己携带的宠物。我很好奇，这些小动物和成年礼有什么关系？

> **→ 知识点 ←**
>
> 按照围兜兜族的传统，族人必须携带几只森林中有特殊象征意义的动物出场，以给这名少女带来祝福和好的兆头。

其中一种动物叫树懒，我之前从来没有见到过，也不知道怎么来形容它。它长得像猴子，又有点像猩猩，仔细看，样子蛮凶狠的，可是它其实是个小宝宝。大家一摸它，它就像怕生的小娃娃叫得非常凄惨。但当它被旁边的老妈妈抱过去就不

▲ 那只神秘的动物嘉宾——树懒小宝宝

叫了，好像完全把那个老妈妈当成了自己的妈妈。看到这一幕，我就想到了邻居家的小婴儿，如果陌生人把他抱过去，他就哇哇地叫，挣扎着要回到爸妈那里去。这个情景是何其的相似。

在旅行当中，看到这一幕一幕，真的让人永生难忘。

"这个动物的名字叫什么？"我问。

"黑多比。"

"那这个呢？"我又问。

"苏米克。"

"这个呢？"我指着一个像青蛙的生物问。

"阿伽尤。"

"这只鳄鱼呢？"这我当然认得，但还要问它当地人的叫法。

"纳乌玛。"

那是只非常小的鳄鱼，被我拿在手上，一动也不动。映着阳光，它的眼睛闪亮亮的，非常漂亮。可是，为什么鳄鱼要到这个成年礼的现场呢？原来，鳄鱼有亿万年的历史，更难得的是鳄鱼能够适应陆地和河里的生活，在亚马逊生活的居民当然就特别地崇拜鳄鱼。因此，当一位少女要成年时，所有的族人都一定要带一只小小的鳄鱼，让它把自己所拥有的毅力和勇气也一并传承给他们族里的少女。

▲ 小鳄鱼

> **知识点** ◄

可爱的动物朋友都是亚马逊丛林的独特物种，经过简单的驯化之后，它们已经成为了围兜兜族人的宠物，族人们还会为每只宠物起一个相应的名字。这些动物嘉宾，在成年礼中起着重要的作用。

亚马逊里的动物好多，跟我互动的那些小动物，真的让我目不暇接，眼花缭乱。我看到旁边还有一只绑着的、扁扁的东西，是什么呢？其实是一只非常不起眼的青蛙。千万不要以为它是死的，它其实是活的，还会活蹦乱跳呢！只是它身上绑了一根绳子，被她们当做项链，

▲ 青蛙被当做一种辟邪的腰饰

同时也当成一种辟邪的腰饰。这只青蛙叫做阿伽尤。

还有一只小动物，太逗人了，你瞧，它就在我的手掌心里。它就是我曾经为大家介绍过的指猴。这么小的体积，居然五脏俱全，太神奇了！而且，它移动的速度很快，我的摄影机完全追不上它的脚步。它的尾巴细细长长的，还有一条一条的纹路，就像一个小气球一样，滚来滚去……

我相信，每一个人看到这只猴子都会爱不释手，真的想把它拿过来好好呵护一番。

意外受伤

接下来族人们开始准备篝火祭奠祖先，我也开始跟着他们忙活了起来，但是从小在台北长大的我从来没有干过农活，搬了几趟柴火之后，不幸挂彩了。

把柴火扛过来之后，我总要帮他们把柴火放到火堆里。之前，我还是挺勇猛的，可是没想到，很多木柴属于棕榈科，有长刺，我刚拿一支木柴要放到火堆里就被扎到了手心——是真的被扎进去了。

▲ 我的手被长刺扎到

当地的妇女们觉得我做事很卖力，而且也很投入，看到我被扎到后，也很心疼，赶紧帮我把长刺拔了出来。还好，没有出血。

少女成年礼正式开始

接下来，少女成年礼就要正式开始了，那位 14 岁的少女将面临什么样的考验呢？而当族人在这名少女 13 岁月经第一次到来开始，全村人花了整整一年筹备的这一场围兜兜成年礼又会呈现什么有别于其他族群的风貌呢？

主持仪式的是一位上年纪的萨满。什么叫萨满呢？就是巫师的意思。这位巫师诵念着祝词，手里拿着我们刚才撕扯棕榈叶时丢掉的中间那根硬硬的梗——它居然是一个祭祀的工具。他还教我们从梗头部慢慢撕下一根纤

▲ 学做祭祀工具

维，让它垂在那里。原来，
这是在迎唤他们的祖先，请
大地之母（Mother Earth）
一起来保佑这一位即将成年
的少女。

就在这一天，那位少女
将步入成年。她拉着自己哥
哥的草裙，亦步亦趋地跟着

▲ 跟当地人一起跳舞

我们跳舞。在跟着他们一起唱、一起跳的过程中，已经晒得非常黑的
我俨然成了当地的土著了，他们也早都忘记了我其实根本就是一个不
会说他们围兜兜语、从来没有接受过他们任何传统洗礼的陌生人。

这段跳舞的画面，我曾经播放给一个英国朋友看，他还以为全部
都是当地的土著。我跟他说我就站在里面跟他们跳，他看了好久才认
出来我来。现在回想起来，这还能让我非常高兴和感动，因为我已经
完全融入他们的群体中。即使因为语言的隔阂而不能做更多的了解和
沟通，至少我用自己的表情、行动去证明，我就是他们的一分子。

在成年礼的最后阶段，这位少女必须经受一次考验，那就是一定
要能够忍受被整窝号称为"子弹蚁"的大蚂蚁噬咬的煎熬。

巫师拿着一根带着叶子的树枝摇来摇去，对这个少女念念有词。
其实他这是在告诫少女，祖先已经来了，他们正在看着她，让她一定
要好好地成为围兜兜族中能够为他们传承文化、孕育子孙的一位妇女。
同时，少女的哥哥拿起野棉花往她的耳朵里塞，而另外一位少年则爬

▲ 少女正在经受蚂蚁蜇咬的考验

到了高高的树上去找蚂蚁窝。

蚂蚁是一个无所不在的物种，虽然很渺小，却能够通过团结的力量源远流长。

其实，这不仅是要让少女经历痛苦的考验，也要让少女知道，应该像一只蚂蚁一样，有坚毅忍耐的精神。

虽然我站在旁边，可蚂蚁也爬到了我的草裙里面，把我的双腿咬了十几个包。当时，在感同身受的情形之下，我完全可以体会到在亚马逊河的流域里面，要成为一位围兜兜族的成年女性，是非常需要勇气和胆识的。

经过了这些考验，事实上也增加了少女对于自己责任担当的认识。

我们一起手牵着手，为这个少女歌唱，再一次为她庆祝，她终于通过了成年礼的考验。

每一次拍下即将消失的原始部落的影像资料，都让我感到非常欣慰。更何况在今天的相处之后，围兜兜族人在第二天将准许我跟着他们一同走进亚马逊雨林的核心地带，去体验真正原汁原味的原住民的生活。

10 / 我的土著生活

亚马逊丛林是一个生物资源的大宝库，同时也是一个危机四伏的战场，每一种生物都必须深谙丛林的生存之道才能在这里生存下来。亚马逊河沿岸的围兜兜族部落已经在这片丛林中生活了数千年。接下来，我将跟随这群原始部落的族人们，学会如何应付丛林里的毒蛇猛兽和各种意外事件，体验一天亚马逊原住民的土著生活。

在亚马逊河旅行，其实每个人都希望体会到原汁原味的生活，特别是在寻找那些即将失落且濒临绝种的民族的过程中，我一次又一次地体会到许许多多雨林部落的生活乐趣。

在亚马逊的丛林里面，想要当一名勇士可真是不容易，因为经过了几天的相处，这一群围兜兜族的族人完全接纳了我。所以，他们也信守承诺，带着我进入了他们生活的母亲大地。

热心的阿牛

在出发之前，他们告诉我应该穿一条裤子。我说，草裙里面不是不穿裤子吗？但是这个时候我看到，有的人虽然不穿内裤，但是他会把草裙的前后绑成一个阉阉。这样一来，不但可以不让虫子爬进去，而且行动时会更加方便，也更加安全。

▲ 草裙的前后绑成一个阉阉

▲ 我的三角形树皮内裤

为了照顾我，他们特别拿了一种用树皮做成的男性传统三角内裤给我穿。穿上后我发现，这个材质非常柔软，虽然是树皮——我们印象里树皮是非常坚硬而粗糙的，可是经过他们非常奇妙的传统工艺制作之后，就变成柔软舒适的贴身衣物了。当然，这个内裤外面还要再裹上一圈草裙。

我终于了解，现在很多时尚女性的裙子为什么越穿越短了——连我都觉得裙子长了会有点难看，而且行动起来好像感觉也挺不自在的。

当然，我也自告奋勇地去帮别的族人穿草裙，虽然我笨拙地把他们穿得很糟糕，但是对方并没有埋怨。在这个过程中，我发现一个小伙子非常热心，表情也非常有趣、相当可爱，他告诉我他的名字叫什么什么，可是我总是记不住，于是我悄悄为他取了一个外号，叫做阿牛。而这位阿牛，在之后雨林探险的过程中，真的帮了我一个大忙。待会儿你就知道了。

现在这位阿牛成了我最好的朋友。他非常大方，很乐意把自己知道的东西倾囊以授地展现给我。我看到，他在一个木片上撒了一些绿色的粉末。我就想，这是什么东西呢？他自己先示范了一下，好像一只马来貘，用劲地吸了一口，也让我吸吸看。不只如此，更逗趣的是，

▲ 绿色的粉末

这位阿牛还把自己嘴巴张开让我看粉末吃到嘴巴里以后是什么样子。他还在那里比画，说吃了这个以后会很强壮。你看他多热心啊！

我也吸了一口，却被呛到了，阿牛赶紧替我捶背。粉末好像一种天然的药草，吃进去的时候凉凉的。更神奇的是，将粉末吞到肚子里的时候，就觉得有一点灼热，感觉非常的温润。

阿牛告诉我，这个粉末叫做黑比亚，进入潮湿的热带雨林深处一定要吃这个，如此才能避免瘴疠之气的侵袭。

防身工具——吹箭

当然，在出发之前大伙儿一定更要准备好防身的工具——吹箭（Blow arrow），这种武器在亚马逊河非常普遍，甚至是在非洲的很多部落里面也都可以看到。通常，他们会在箭头上涂上当地非常毒的蟾蜍背上的那些毒汁。听说，直接被毒箭射到，还真的有生命危险。这

▲ 箭头的制作过程

▲ 我尝试吹箭

就是他们在丛林里面保护自己的一个相当重要的武器。

因此，我也跟着他们学习制作箭头。他们将竹子削得非常细，然后在竹子的后端绑上一个小棉球一样的东西。它就跟羽毛一样，能让箭有一个持续的漂浮力，而且能够飞得更远。

不过，这个箭头不是用射的。箭头做好之后，是要配合一个长木杆使用的。木杆的中间要凿通，然后他们将嘴巴对着这个洞，瞬间吹气，爆发力极强。这就是名闻遐迩的吹箭。

我对着一旁的大树吹，还真是不容易，老射偏。不过，后来我越射越准，而且越射越有心得。我发现，诀窍不是轻轻地往里面吹气，而是要蓄积自己所有的气之后，在那千分之一秒迸发出去。然后，箭就会射得又直又远，命中目标。

▲ 被射杀的“嘉宾”

我以为可以出发了，结果还不行，而要先把那只参加过少女成年礼的青蛙

"嘉宾"射杀。当然,他们把这个机会留给了我,让我用吹箭去射。可是我技术不好,也或者是因为有点心软,怎么都射不到,最后还是那阿牛一下就射中了。

亚马逊丛林吃蚂蚁卵

经过这一番新鲜的尝试之后,阿牛把我带到一位头发花白的长老前面——我记得,对,他就是主持成年礼的那位长老。为什么带我到长老的前面呢?阿牛和我,一人拿着一段树枝的一端,而那位长老好像诵念着什么奇特的祝词。原来,围兜兜族的勇士在进入危机四伏的

▲ 长老为我们祈福

丛林之前,都要接受长老的祝福,祈求我们一路上即便遇到各种毒蛇猛兽也能够安然无恙。

我的这些从来没有上过学的老师们,让我一步一步地贴近到雨林生活的中心——我们要进入亚马逊雨林了。

我们进入到了整个亚马逊雨林的心脏地带。整个亚马逊流域覆盖着无边无际的雨林,我终于明白为什么这里被叫做"地球之肺"了,因为这里有那么多的植物,那么多的物种。走在雨林里面,你会看到绿油油的一片,真的是绿意盎然、欣欣向荣。事实上,在雨林里面既

有各种有趣的物种，当然也就会有各种可怕的物种。比如，河流里或深林里的巨蟒会把人卷起来，然后直接吞掉。而在行进的过程中，脚下不只会踩到树枝杂草，还可能踩到蝎子、蜈蚣。这些昆虫、爬行类生物往往隐藏在你看不到的花草或树木背后。

▲ 箭毒蛙背含有剧毒

> **知识点**
>
> 热带雨林中最危险的不是毒蛇猛兽的进攻，那些无处不在的昆虫才是最可怕的杀手。色彩艳丽的毒蛙，会让皮肤接触到它的人在几分钟内丧命；举着毒针的蜘蛛更让人退避三舍。

在雨林探险的过程中，我真的很感谢阿牛，因为他总是找出一些可爱的东西。每次找到好东西，他都会冲我喊"咪迪，咪迪"，也就是"来看，来看"的意思。看什么呢？原来他在一棵树的后面发现了一个东西。我看他用力一掰，有些东西就落下来了，原来是一个很大的蚂蚁窝，这落下来的蚁卵居然也是他们的食物。

阿牛将蚂蚁窝从中间掰断，然后把里面所有的蚂蚁卵都倒了出来，小小的、白白的。所有的族人都围过来了，大家吃得津津有味，就好像吃鸡蛋一样。

蚂蚁卵竟然可以作为食物，当年的我对此还闻所未闻。我要去尝试吗？大家看到我的眼神里有一点儿犹豫。我想：还是不要，算了吧。

但是我又对自己说：不行不行，这是我唯一的一次机会，我这一生可能只有这次机会，我一定要吃吃看。

▲ 跟大家一起吃蚂蚁卵

我下定决心，不放过任何一个尝试围兜兜族人生活习惯的机会，做一个彻底的亚马逊原住民。其实诚实地讲，蚂蚁卵吃起来非常得甜美，咀嚼起来的感觉也挺独特的。

有人突发癫痫

其实，变数状况还是真的非常多，其中一位妇女忽然癫痫发作，大家都吓坏了。

在我们的常识里，一个癫痫患者一旦病发，就应该立刻给他一个汤匙或一根筷子咬，以免他嚼到自己的舌头。可是在这里，他们没有医疗设备和药品，怎么办呢？原来他们都知道怎么样来治疗这种突发的病症。这些围兜兜族的祖先们早就帮他们先行找到了解答。

答案就是蚂蚁窝。

一个小伙子去树上找了一个蚂蚁窝，然后二话不说把它揉搓在一起。到底要做什么呢？原来围兜兜族人早就知道，揉碎蚂蚁窝之后，蚂蚁身上会散发出一种天然的蚁酸，只要给患者闻一下这种特别的味道，他就能够清醒过来。

给那妇女闻了蚁酸之后，她果然慢慢地回过神来。

在那位妇女苏醒的过程中，我见大家好像都满轻松愉快的。当时我在旁边跟着大家一起唱歌的时候有点犹豫，我想：我们要赶快救她啊，怎么还有闲情逸致来唱歌呢？这可能就是我们所谓文明人的一个障碍，也就是我们已经太习惯生病了就去看医生，就吃药、打针，可是治病不仅仅需要那些实际的医药，还需要人与人之间的精神力量和大家共同的关怀。那位妇女醒过来之后，梳理了一番头发，还显得有点不好意思。

▲ 长老在给患者闻蚁酸

▲ 我也尝试闻蚁酸

大家似乎也非常喜欢那蚂蚁窝剩下的味道，竟然一个一个争相去闻，就跟那会儿吃蚂蚁卵时的情形一样，这真让我大开眼界了。

经过这一段历程，我才了解到，蚂蚁对于亚马逊的部落来说，从成年礼到治病，原来有这么多的功能，这么深的意义。

当蚂蚁窝传到我面前的时候，我也想闻，但我知道那个气味一定很可怕，所以我又有点儿抗拒。但是我还是说服了自己，去闻了一下——那气味比芥末还要来得冲，直冲脑门儿。

在我脑海中，蚁酸的特殊气味至今记忆犹新，我庆幸自己没有错过这个千载难逢的经历。

再次受伤

接着，这次亚马逊丛林之行最让我难以忘怀的事情发生了。因为不熟悉雨林生活，我一直小心万分，尽管如此，还是遇上了麻烦。

在行进过程中，我们大家都是赤着脚的。事实上在此之前，我从来没有赤着脚走过户外的路。尤其是在这个雨林里面，繁茂生长的各种花草树木围绕着我们，在走路的时候的确有点让人提心吊胆。当然，最害怕的还是踩到蝎子或者蜈蚣。可是，不幸的事情还是发生了——虽然我已经很小心了，但我不晓得为什么踩到一个树干上面，马上就痛得站都站不住了。原来，我踩到了棕榈树干上的一个黑刺，它就扎在我的脚心处，扎得还挺深的，他们帮我拔出来时还费了不少力气。

就在这时，阿牛帮了我一个大忙。阿牛跟我非亲非故，却二话不说马上把我的脏脚放在他的身上，帮我处理伤口。而阿牛周遭的每个人也都在为我忙碌。

他们是大自然真正的主人，知道什么样的植物可以治疗什么样的伤口。他们扶着我让我慢慢地坐到地上，并把他们的巫师给请了过来。

▲ 巫师在帮我治疗脚伤

这让我觉得很奇特，也让我很感动，因为他们真的把我当做自己的族人：一旦有人遇到了伤害，所有的族人都会帮忙。

大家忙着刮一种非常特别的树皮。等男男女女们把树皮拿过来之后，阿牛把树皮卷起来放到一个小木杆上，然后拿起一截木棍就往上面敲。

我实在不甘寂寞，坐在旁边总是想学，什么都想练习一下。没想到还真让我尴尬，我不小心敲到了阿牛的手。阿牛也没怨言，抢过木棍继续敲，然后把里面敲出来的汁液敷在我的脚上。

我无意间弄伤了自己，却得到了不只是阿牛，还有整个围兜兜族人最热情的关照。对于他们的照顾，我非常感激。在一个陌生的环境里，有这么一群素昧平生、萍水相逢的人能够这么善待一位远方的客人，我感到万分温暖。

在一次次的旅行中，最让我难以忘怀的就是那一张张善良热情的面孔。带着依依不舍的眷恋，我结束了这次的丛林之旅。

告别围兜兜族人之后，我的下一个目标是一个叫"巴拿巴布鲁"的原始部落，在这个只有数十人的部落中，我大秀舞技，还差点被部落妇女留下来做"压寨王子"。

11 / 消失的部落

跟部落的少女一起载歌载舞，到土著人家中做客，体验原始部落的特殊治疗方法——我此次中美洲之行的目标是寻找一个叫做巴拿马布鲁的土著部落。接下来，就让我带领大家走进这个神秘的部落。

在世界各地的雨林里面，住着许多的原始部落，他们一直保持传统的生活方式。在美洲的路桥地带，也就是中美洲巴拿马运河流域，有我一直想寻找的一个少数民族。

在宜人而漂亮的河畔，我开始一步一步地接近他们的村落。终于，我遇到了巴拿马布鲁的族人，他们穿着传统的服装，用着自己凿出来的独木舟。由于大船不容易进入他们的村子，他们非常热心地让我换乘他们的独木舟，然后向他们的小村子驶进。

荡漾在巴拿马的查格雷斯河上，我们开始进入这一个古老的雨林部落。这条河会一直通到后面的查格雷斯湖。

▲ 搭乘独木舟

这里的湖水、河水都非常得干净，可以直接生饮。河湖周围住了很多不同的印第安族群。

初识巴拿马布鲁族人

首先与我相遇的是一些小孩子，他们有的在游泳，有的在抱着娃娃玩。

"能让我看看你的娃娃吗？"我打招呼道。这里的孩子也玩洋娃娃。

▲ 当地干栏式的高脚屋

在我前面带路的那个撅着大屁股的老兄，他的名字叫做丘艾克。跟着他，我慢慢走近了他们的村子。我发现，周围的民众也都一一从干栏式的高脚屋上走了下来。我想，这位老兄的家人也没想到，他居然会带了一位东方人回到家里。

对于查格雷斯河畔的巴拿马布鲁族人来说，这一天是个特殊的日子，平时人迹罕至的部落里出现了一个新鲜的东方面孔。他们一个个冲我笑，对我表示欢迎。

我环顾这整个村子，全部都是干栏式的建筑，这些独特的吊脚屋都是用竹子做的，而且一个连着一个，中间形成了一个很大的广场。村民就在这广场或吊脚屋里非常悠然、闲散地生活着。

仔细看去，我发现一位妇女在细心地磨一个东西，原来那是巴拿马雨林里一种很特别的果子——一种纹身彩绘的染料（类似印度的染料草叶 Hena）。

整个村子表面上看起来好像并没有因为我的到来产生太大的变化，可是我发现这一群有点害羞的巴拿马族人，其实正在慢慢地、一个又一个地向我靠近。我一抬头，发现身边已经围满了当地人。

我开始仔细研究他们的服装，还真是独树一帜。我看到，这边的女性大都留着长头发，乌黑亮丽，和我们中国人的发质简直一模一样。她们上身裸着，胸前挂着各种项链，好像一个饰品博览会，同时还展示着每一个妇女精巧的手艺。

▲ 妇女们胸前挂着各种项链

特别是，有一位小宝宝吃奶吃到一半，然后愣愣地看着我，似乎在问："这个叔叔是谁啊？"

而男性的服装就更有趣了，他们会用一根细线与一条布裹成一个类似丁字裤形式的短裤，遮住比较敏感的部位。

▲ 男士的丁字裤

整个村子长幼有序，每个人都相当有礼貌。似乎正有一种淡淡的友谊开始慢慢地孕育，慢慢地形成。

村长的家

在这个面积不大的部落里走了一圈之后，我产生了去土著人家里看一看的想法。我决定跟带领自己上岸的那位老兄商量一下。

他非常大方，立刻带着我到村长的家里去看。我想村长的家里会不会非常华丽，是不是这里最高档的房舍呢？结果，首先看到的也是由一根木头做成的特殊梯子。

▲ "偷袭"我的小狗

我才踏上第一阶，谁在拉着我？原来是只可爱的小狗。咦？怎么又来了一只更小的狗，它还害羞地在那边不敢动。我把它抱到怀里，然后很快跟小狗们玩了起来。

我发现这里的人都身手矫健，三两步就爬到了楼上，可是我呢，穿着个大皮鞋，真的不好爬梯子。

我总想，村长的家外面不起眼，至少里面应该有一些比较好的装潢吧？我上去后一看，发现我们中国的一个成语真的是太贴切了："家徒四壁"。不只是家徒四壁，根本就是家无四壁啊。他们没有建造墙壁，甚至可以说他们根本不需要墙壁，因为在非常闷热的雨林地带，这样会非常通风，非常凉快。

并且，他们的房子是三室合一的。什么是三室合一呢？就是他们的客厅和起居室，也可以用来当厨房。里边放着柴火和锅子，女人们要开始煮饭了。

他们将晒干的椰子壳对半切开，然后当饭碗用，而碗里盛的是椰子肉和玉米混合而成的食物。我也忍不住抢过来吃了一口，甜甜的，还蛮好吃。

> **知识点**
>
> 巴拿马布鲁族人的生活非常简单，他们常年靠捕鱼为生，有时也会制作一些小工艺品对外兜售。坚硬的木头在他们的雕刻下显得栩栩如生。

村长非常骄傲地向我展示了一张已经发黄的报纸——这也是能在媒体上找到的关于这个部落的为数不多的资料之一。寒暄之后，我向村长告辞。前方还有更多有趣的发现在等着我。

▲ 发黄的报纸

下楼后，我发现芭蕉树下有两个非常奇特的果子，之前从来也没见过。丘艾克很热心，赶快拿过来向我介绍。因为他们有而我没有，他们懂而我不懂，丘艾克显得很得意，也很自信。

打开果子后，里面是一颗颗红色的种子。我问："可不可以吃？"答案是不可以，因为那是用来熬油的一种果子，可以作烹饪之用，并不适合直接食用。

在这个村里，房屋大多是干栏式的建筑，楼下面是空的，特别凉快，那些小狗、小鸡、小鸭们跑来跑去，小孩们更是钻上钻下。

▲ 体验吊床

有一家人的楼比较低，上面站满了小孩，而且每一个小孩都不怕生。我看到有个年轻人躺在旁边的吊床上。这样的吊床在别处我也看过，并且听说这是美洲原始部落创造的一种特别符合当地气候的床。因此，我拜托他，让我也体会一下。

这么多年的旅行经验告诉我，如果到一个陌生的城市、陌生的家庭，你喜欢他们的小孩，跟小孩们玩成一片，他们的家人就会非常喜欢你。这个旅行的经验让我在许多辛苦的造访当中，得到诸多意外而丰富的收获。

我的友善，渐渐赢得了部落族人的好感。

巫医给我治病

在得知我在进村途中有些着凉感冒之后，丘艾克带我见了村里的一位老人，我也不晓得他到底是谁，也不知道他是什么身份。但是他跟丘艾克讲了一番话之后，就开始默默地唱起了歌来。

原来，丘艾克请来部落的巫医给我治病，这也是千百年来当地人治疗疾病的传统方式。我还没明白是怎么回事呢，巫医就开始治病了。

在整个治病的过程当中，最吸引我的就是巫医手上拿的鹰头杖。

这一根特别的权杖，除了代表威严和地位之外，更代表知识和智慧。

他在我头上的百会穴那儿吹了几口气，而我当时还笨头笨脑地不知道应该立刻蹲下来。旁边的村民越围越多，有的人在旁边指指点点，叫我做这个做那个。我因为听不懂，只能察言观色，迷迷糊糊地蹲了下去。

▲ 巫医给我治病

大家可能会问，这位巫医在我头顶吹气的时候我到底有什么感觉。我坦白讲，虽然当时我傻傻地在那里笑，旁边的人也七嘴八舌的，这次治疗也不是百病痊愈，可是我觉得心里挺温暖的，因为在这样一个陌生而遥远的国度，一群陌生的族人这么关心地为一位远道的访客治病，光是这一点就让我非常感激了。

除了治病救人，这位巫医在整个族群里面还扮演着跟他们的祖先沟通的角色。

他们整个族群虽然只剩下 50 几个人，可是却能够一直保持他们的传统。当然，在这里我也发现了一些遗憾，那就是因为他们族人实在太少了，村子里不少人因为近亲通婚而患有不同程度的残疾。并且，这样一个小村子，离最近的医院开船还需要整整两个半小时。

与当地人载歌载舞

另一头的广场上也非常热闹，许多的妇女好像知道来了一位神秘的东方访客。跟刚才不一样的是，仔细看去，她们都已经进行了非常刻意的打扮，纷纷穿上自己的盛装。

她们调和了一种特别的汁液，也在我身上画。我想起来了，这不就是刚才我进村子时看到的有些妇女正在磨的果子嘛。将果子磨碎，然后搅成汁液，就成了染料。这种果子的染料，画在身上后四天都洗不掉。他们有彩绘自己身体的习俗，并且每个人都有纹身。

▲ 妇女给我画纹身

因为我的到来，他们不但把所有漂亮的装饰品都戴了起来，还为我特别举办了一场别开生面的歌舞大会。

在巴拿马，有很多不同的族群，我们来看看他们精彩的民族舞蹈，听听他们的歌吧！

在这一场非常欢乐的舞蹈当中，我看到每一位妇女的舞步都有不同的变换，有时候是一脚接着一脚，有

▲ 跟当地人一起载歌载舞

时候是两脚一起挪动。既然族人对我这么好，组织了这样一个欢乐的活动，我就一定要参加，一定要跟她们一起跳舞。

> **知识点** ←

舞蹈是巴拿马布鲁族人节日和祭祀仪式中重要的组成部分，他们的音乐
和舞姿简单而质朴，却有着独特的象征意义，"咚咚"的鼓点声如同各种
生物的心跳，代表生命的生生不息。圆圈型的舞姿则象征生命的自然周
期。

跳着跳着，我发现他们的旋律是一种卡农式旋律，就是用反复的
方式让所有的人都可以轻松记忆。

他们的乐器中，有一种是用铁片划过一截木棍，会产生一种很别致
的旋律。你瞧，连乌龟壳都被当做打击乐器，这真是难得一见的音乐传统。

在这样的互动过程中，大家都好开心。

听着乐声，大家唱着歌，跳着舞，非常喜悦地度过了这个难忘的
午后，我也到了该离去的时候。

"拜拜。"

跟这个握手，跟那个小孩亲亲，又跟这个抱抱，我实在有点舍不得。
忽然，我发现那些年轻的女孩在说着些什么，嘻嘻哈哈的，又很害羞
的样子，有的还用手捂着嘴。

其中一个女孩跟我讲了一个很特别的词语"嘎萨多"。我纳闷，"嘎
萨多"是什么意思？原来是"结婚"的意思。她们那些女孩对我说："要
不然别走了，留下来跟我们结婚吧。"

在这个情形下，我挺尴尬的。不过，虽有不舍，我还是要离开了。
希望下次有机会能够再次来这个村子里面看看。我相信，那个时候村
子里的孩子都已经长大了。

12 / 我与动物有个约会

亚马逊雨林是世界上最大的热带雨林，这片茂密的森林里隐藏着世界上最丰富的野生动物资源。走进这片"人间伊甸园"，感受人与动物的奇妙互动，是我这次旅行的主要目的。

与灵巧的蜘蛛猴手牵手在丛林中散步，把数十公斤重的森蚺盘在腰间，跟食蚁兽近距离亲密接触，这些平时只有在马戏团看到的画面竟然在亚马逊随处可见。

从巴西的港口城市玛瑙斯沿着亚马逊河逆流而上，我的第一个动物朋友很快就出现了。

体能测验

我们的船终于要出发了，我希望在这次旅行当中能够跟众多的野生动物有亲密的接触。

邻船上有一只可爱的小动物，我仔细看去，它到底是什么？原来是一只小树懒。它的样子像猴子，又像猩猩，还"吱吱"地叫。或许它在告诉我，我的亚马逊生态之旅会有很大的收获。

船沿河而上，两岸是茂密的雨林，附近的民众生活都要依赖这条河。我看到河面上漂着好多木材，原来是当地人要把木材运下去。我们停下船，大家跳到浮木上面，都想展现一下自己的胆识和勇气。

想到待会儿在丛林里面还有很多要考验我的地方，我也准备小试一下身手。别人都为我捏了一把冷汗，其实我心里也挺紧张的，因此我把上衣脱了下来，这样一来，即便跌到河里也没关系。没想到有位老兄来捣乱，还好他没跳到我踩的木头上，不然我们两个一定一起跌到河里了。我身手矫捷地又跳回船上，通过了亚马逊丛林之旅的第一个体能测验。

蜘蛛猴

沿着一眼望不到尽头的亚马逊河一路深入，一段路程之后我终于来到了目的地——一个位于热带雨林边缘的小村落。这里的动物和村民们和平共处，也不惧怕陌生人的来访。首先出来迎接我的是一只蜘蛛猴。

这是我第一次见到蜘蛛猴，它长手长脚的，像抱妈妈一样抱着我，我也感觉挺温暖，只是没有想到它会跟我这么亲近。它特别喜欢吃香蕉，两只眼睛水汪汪的，一直在那转啊转，并不时跟我讨食物吃。

蜘蛛猴是亚马逊丛林里面一种特有的动物，它的尾巴好似它的第五只手，特别是睡觉的时候，它可以依靠尾巴倒挂在树上，睡着了都不会掉下来。我终于知道为什么它叫蜘蛛猴了，因为它攀在树上，垂在那儿，还真像一只大蜘蛛。

它吃了我好多根香蕉，可能有点口渴了，不过它很聪明，居然知道跑到水管那里去喝滴下来的水。

旁边还有一群之前出现过的叫做"TiTi"的小猴子，我也想抱抱它们，不过它们太害羞了，总是躲来躲去的。这些小猴子们刚才还没吃饱，我就拿着香蕉去喂它们，它们胆怯地爬了过来。可是你别忘了，蜘蛛猴还抱着我呢，也在缠着我要东西吃，并不时地把旁边的小猴子推走："你走开点，这是我的香蕉。"真是太有趣了！

接着，我看到了一只大鸟。这么漂亮的鸟是什么鸟？原来是亚马逊河原产的金刚鹦鹉。这种产于中南美洲的特殊鸟类可以活65岁，而且最让人啧啧称奇的是，它吃了树林里面很多有毒的果子之后，也不会中毒，因为它会吃一种泥土帮自己解毒。

▲ 喂猴子和金刚鹦鹉

踏入南美丛林

有人说亚马逊雨林是太阳神留给人类的巨大的自然宝库，地球上1/3的氧气都来自这片茂密的丛林，因此亚马逊丛林又有着"地球之肺"

的美誉。现在我就要在这片世界最大的热带雨林中开始自己的丛林冒险了。

我仰头看着参天的古木、低头看着交错的根茎，这也是亚马逊雨林里吸引我的地方。地上的土壤非常肥沃，这对于树木来说很有利，可是对于我们要深入丛林的人来说，却是一大困扰——每一脚下去，都会被黏住。

▲ 可以用来喝水的水藤

继续往前走的时候，我被旁边几根垂挂的藤子吸引住了，它的名字叫做"猴梯藤"，猴子们最喜欢握着它荡来荡去。不一会儿，我又发现旁边还有另外一种藤，跟刚才的猴梯藤不一样，用刀砍开后，居然可以喝水，水又香又甜。这就是当地最著名的"水藤"。

森蚺带领的雨林动物家族

雨林就是雨林，没想到我还没走多久，就开始下雨了，而且雨势还不小。所以我赶紧走出了雨林，跑到一个小村子里躲雨。

当地的居民非常友善，全部带着笑脸向我围了过来。就在这样一个奇妙的午后，因为一场大雨，让大家全都聚在了一块：各种人，各种动物，构成了一幅非常有趣的原生态景象。这场雨好像阻挠了我继续生态之旅的步伐，可是这反而给了我更多的收获。这样的经历对于一名旅行家来说真是常常遇到，感悟生命的意义也就此产生。

我低头忽然看到地上爬过来一条大蛇，这不正是当地一种非常凶猛的森蚺嘛！村民们平常看到这种蛇，大都会感到非常害怕。不过有位老兄非常友善，他向我比手画脚了一番，告诉我不用害怕，这只蛇经常出入他们的村子，像他们的家人一样司空见惯，也来去自如。然后，他抓起蛇，把它围在了我的脖子上。一开始我挺

▲ 将蛇围在脖子上

害怕的，不过发现蛇挺温顺，我的心也就放宽了。我围着蛇，想给其他跟我一起进村的德国人看，没想到他们倒吓得连连躲开，我也无意间认识到为何村民们在这一群陌生人当中，只选择我与他们分享这些经历。

在木梁上面停着一只小鸟，我仔细一看，原来是一种袖珍鹦鹉。这小小的鹦鹉也被他们放在我的头上，当做他们更喜欢我的证明。还不止这个，村民们热情地把周围好多可爱的动物往我身上放，我变成他们钟爱的圣诞树了。他们将小狗放到了我的怀里。还有什么？还有小松鼠也变成了垂挂在我身上的装饰品，真的是太可爱了。好多种动物在我的身上，我发现我整个人不仅像棵充满雨林节庆喜悦的"圣诞树"，根本就变成了世界上最快乐的"动物园"，在这个被大雨阻断行

程的午后，虽然语言不通，但我和村民们都洋溢着快乐的幸福感。

夜访美洲鳄

▲ 被拴住的美洲鳄

告别了亚马逊森蚺，我在村子附近寻找下一个动物朋友。很快我就发现了一个更厉害的大家伙，它正躺在池塘里闭目养神，它就是大名鼎鼎的美洲鳄。

原来这里的村民不只是养鸡养鸭，还养鳄鱼。不过，鳄鱼都被拴了一根绳子。我蹑手蹑脚地过去，蹲在它前面，这是我第一次如此靠近一只大鳄鱼。

> **→ 知识点 ←**
>
> 这种美洲鳄，用当地的西班牙语讲叫做"凯门鳄"，比一般的鳄鱼要健壮。它有两个眼帘，但是没有舌头，看到东西就咬，尾巴非常厉害，也非常危险。

然后我跟着村民们去看他们是如何与鳄鱼玩的。我看到好几个人赤膊站在河里。原来，在当时的季节，河里会有许许多多的小鳄鱼，他们要把小鳄鱼拎出来给我。

"这有一只，是公的。"一村民喊道。

小鳄鱼的叫声很特别，听说它是在叫妈妈。它妈妈在哪里？我一低头，不得了，那是它妈妈——一只很大的鳄鱼，不过它已经被拴住了。

村民们告诉我，对于美洲鳄这种非常凶猛的动物来说，夜晚才是挑战它们的最佳时机。而对鳄鱼非常感兴趣的我，当然不肯放过这个与野生美洲鳄亲密接触的机会。

与粉红海豚亲密接触

在夜晚降临之前，我决定继续在村子附近逛一逛。听当地村民介绍，河里还住着一位"神秘嘉宾"，只要轻轻拍打水面，它就会应声出场。

我和村民们拍打着水面，果然看到两只动物慢慢向我游了过来，好像挺友善的。这是两只什么动物呢？应该不是鳄鱼吧。它们的头圆圆的，皮肤光滑而闪亮。我仔细一看，想起来了，它们正是上次我在亚马逊河游泳时遇到的那种动物——亚马逊河最著名的粉红海豚。

我拍拍水，它们就游过来了，好像知道我要跟它们玩耍。它们智商非常高，特别喜欢跟人接近。它们的皮肤虽然看上去光滑，可是细细观察，你会发现上面长有粗粗的毛。

我终于能够这么近距离地接触这种亚马逊河的淡水海豚了。

▲ 我和粉红海豚玩耍

款待食蚁兽

跟粉红海豚亲密接触之后，我打算返回村子，没想到回去的途中又跟另一只奇特的动物不期而遇了。

就在树丛中，我看到了一种奇怪的动物：它的毛色好像油彩画上去的，非常漂亮、工整，它的头却像树干，或者那是尾巴吗？它慢慢向我走了过来，我仔细一看，它的头又细又长，确实像尾巴一样，眼睛细细小小的。原来这是亚马逊河的食蚁兽。

它细长的嘴巴和头，刚好可以钻进泥土里或者树缝里面的蚂蚁窝（洞），然后借助它那长长的舌头饱餐一顿。

它可能以为我是一棵树，竟然在我身上蹭来蹭去，我趁机好好摸了它一把。我本来想，这是一只野生的食蚁兽，即使是常常来村子里面晃荡，也应该不会跟着人走吧，没想到它倒是一路跟着我，一直来到了村边的一个小杂货铺。我应该如何招待这位雨林里可爱的朋友呢？大家喝可乐的时候难免都会剩下一些，而甜甜的液体正是食蚁兽的最爱，它的舌头很长，可以从瓶口一路舔到瓶底，舔得一滴不漏。真的是有趣极了！

▲ 食蚁兽喝可乐

亲历抓鳄鱼

夜幕渐渐降临，终于到了我等待已久的时刻。划着一艘小船，我跟当地村民来到了晚霞笼罩的亚马逊河上。虽然旁边坐着抓鳄鱼的高手，但是究竟能抓到多大的鳄鱼，大家心里都没谱。

夜间的亚马逊河因为漆黑一片，还真有点恐怖。

当地居民捕捉鳄鱼的方式十分特别：他们用一个手电筒去探照，一旦发现有两个亮亮的，像小灯火的光圈停在那里，他们就知道那里有一条鳄鱼。虽然鳄鱼的视线在夜间也非常灵敏，可是一旦遇到像手电筒这样还不算太强的光束，就会暂时失明。我本来想试试，可那个村民怎么也不肯，因为虽然鳄鱼眼睛看不到，可是不会捉的人通常会紧张害怕，手伸过去的时候很容易把握不好时机而伸到鳄鱼的嘴巴里去，结果鳄鱼没咬他，他自己倒是会被鳄鱼的牙齿刮伤手。

我看一个身手矫健的村民直接一把将一条鳄鱼拎起来。鳄鱼的反应非常快，它很可能回头来咬你，而且咬住后死也不放，因此这时要格外当心。

那位村民把鳄鱼递到我手上的时候，我还犹豫了很久，但是后来想想这可能是此生一个千载难逢的机会，便接了过来。

这是一只差不多一岁半的鳄鱼。不过，这些抓美洲鳄的专家只是想看一看它，并不打算伤害它，便很快将它放生了。

我和动物们的约会从白天到夜晚、从大雨到天晴，也从陌生到熟悉。就当其他旅人继续吃饭睡觉，还是以自己原本习惯的生活方式行走于世界的时候，我似乎正怀抱当地村民依依不舍的热情甜蜜入梦。

13 / 英国的神奇麦田

在探索世界的过程中，除了那些与世隔绝的部落文明令我心驰神往外，还有很多未解之谜也会时时刻刻牵动着我的心弦。早在1990 年我首次前往英国读博士的时候，我就经常去威尔特郡的索尔兹伯里平原看巨石阵。而当时常在那里出现的麦田怪圈（Crop circle）也一直在引起人们的广泛关注。

神秘的麦田怪圈

谈到世界的未解之谜，麦田怪圈一直是很多人心中的疑惑。麦田怪圈常常发生在 6 月至 8 月作物成熟的时候，就好像田地变成了一幅大画布，上面呈现出很多奇怪的图案。除了麦田，这些图案还会呈现在玉米田或稻田上面。

▲ 众多麦田怪圈中的一个无解图案

> 知识点 ←

在英国西南部地区，麦田怪圈每一年夏天都会出现在不同的地方，但是
这些地方却局限在一个三角形地区内，即威尔特郡的原野地带，那里既
有古代英国的象征——白马山刻像，也有闻名遐迩的史前巨石阵。因为
神秘图案绝大多数都在麦田里被发现，所以人们习惯地称之为"麦田怪
圈"。世界上最早对于这种现象的报道，是 1647 年在英格兰出版的一幅
名为《魔鬼刈草》的木刻版画。之后的 360 年里，人们对于这种美轮美
奂的图案究竟出自谁手的争论就一直没有停息过。

　　从 17 世纪以来，大家对麦田怪圈现象就非常好奇，而我更是一直
想去看看真正的麦田怪圈是什么样子。终于在 2000 年的时候，我实
现了这个心愿。

▲ 《魔鬼刈草》木刻版画

▲ 我在麦田怪圈里考察

　　麦田怪圈不太适合在地上看，
最好是从 600 米到 1000 米的空中
鸟瞰，这样才能够看清楚它的整体
形貌。所以，我准备驾着飞机从空
中仔细观察。

　　从空中鸟瞰的时候，那些图形
真是美不胜收，而且非常奇妙，因
为那些图案通过超级电脑的演算才
能绘制出来。这样的图形怎么能够
这么精准地出现在麦田里呢？实在
是太不可思议了。

　　我走到麦田怪圈里面，发现那

些麦子其实并没有死，它们只是朝着顺时针的方向倒下去了。

> **➤ 知识点 ◄**
>
> 20 世纪 80 代初这种精致到令人不可思议的巨型图案开始在英国的威尔特郡层出不穷。1990 年夏天，英国的各个地区甚至同时出现了 75 个麦田怪圈。麦田怪圈的成因在学术界尚无定论，但有科学家证实，80% 以上的麦田怪圈属于人类蓄意而为。

你很难想象那些麦子怎么可能倒下去之后还能继续水平生长。一般的植物都有向光性，你把植物推倒后，如果它能够存活，它的尾端一定会慢慢地弯上来对着阳光。可是麦田怪圈里的麦子太奇怪了，它们不但继续水平生长，而且还结穗了。

关于这种现象，当然很多人都认为是有人假造。可是如果是假造的话，那些麦子的麦秆会被压扁，弯折的地方也会被压坏，也就是说，所有的麦子会被踩死。可是真正的麦田怪圈里面，那些麦子就好像我们喝饮料时用的可以弯曲的吸管一样，是从根部弯折的。难免有很多人认为，由于新闻报道过有人用尽九牛二虎之力去造假，所以全部都应该是假的吧！可是没有办法想象的是，人如何能在一夜之间就完成这么巨大的工程？

麦田怪圈的出现是不定时、不定点的，而且什么时候消失、什么时候再出现都没有人知道。它的图案到现在已经累积到几千种，好像创作者要透过这些图案告诉我们一些讯息一样，这实在令人费解。

近几年，威尔特郡的麦田怪圈更是层出不穷、花样翻新。当地的农场主其实并不欢迎好奇的游人参观，因为他们会踩坏那些奇怪倒地的麦子，毕竟它们还是活的。可是由于当地的农田没有围栏，气愤的农场主甚至警告带人参观的当地研究者，如果再带人进来就要开枪了！那里交通不便亦非观光旅游点，若非实地探访，一般人只是道听途说误以为农场主全部都在收取门票招揽观光客云云，这倒真是以偏概全了。

至于我，在麦田怪圈里可忙坏了！既要摄像、照相、记笔记、搜集标本，还要向带我去的科考人员提问。

奇妙的占卜杖

每年暑期，都会有一些访客从世界各地来到这里一探麦田怪圈的究竟，其中也包括一些研究人员。原本忙得不可开交的我被英国同行所用的探测工具深深地吸引住了。那个东西会不断地转动，而且转动的时候你还可以向它提任何问题。

"墓地的入口在哪？"那研究人员问手中的这个 L 型会转动的指针工具。

她跟我说："嘿，你知道吗，这是一个特别的东西，在英文字典里都查得到。"

我说："真的吗？"

她说："不但英文字典里查得到，任何欧洲语系的字典里都有这个单词。"

我说："什么，这个东西还有专门的单词？"

她说："是的，它叫'dowsing rod'。dowse 是它的动词，去掉 e

加 ing 变成 dowsing 就成了名词。'dowsing rod'，也就是'棒子'的意思，俗名'占卜杖'或'寻龙尺'、'探龙针'、'降龙棒'，连你们中国古代都有呢！"

▲ 占卜杖

"巨石在哪儿？古墓的巨石在哪儿？"她一边走，一边问占卜杖。

她说："这是我们英国最传统的东西，也是有 5000 年的历史，不输给你们中国哦。它是流传自古代的一种智慧，是一种心灵的感应。你专心放空自己，问任何问题，它都可以回答你，可以指向你询问的方向。"

"麦田怪圈的中心在哪儿？你看，我们现在就在麦田怪圈的中间。"她一脸得意。

> **知识点** ←

占卜杖是欧洲一种传统的金属探测器，可以测出磁场，过去被用来寻找矿藏或水源的位置。它的工作原理像麦田怪圈的成因一样尚不可知。

当时，我还用这种古老而又简单的仪器找回了自己丢失的相机。我的注意力似乎已经从麦田怪圈转移到了占卜杖上面。当然，热衷于收藏的我，也绝不会让自己和占卜杖失之交臂。

▲ 我也玩起了占卜杖

能有这个发现，自己之前从

来没想到，是英国的麦田怪圈给我上了难得的一课。这真的是太奇妙了！在这段旅行中，我充分感受到了麦田怪圈和占卜杖的奇妙魅力。

白马图案

除了在这片神奇的麦田里有那些扑朔迷离的精致图案，附近的白马山上也有令人惊异的巨型图画。

所谓的白马，其实是一幅巨大的图案，有抽象的，有具体的，一共有十匹。同时，白马也是英国一种尊贵的象征。有的白马大概有300年的历史，而更古老的则有2000多年的历史。附近还有当时划分田地的界线和古堡，古堡也已有2000多年的历史。

▲ 我背后的白马图案

我走近白马时发现，它那白白的线条跟草地的区分并不明显，整个图案需要从远处来看，就好像麦田怪圈要开着飞机才看得最清楚一样。

这些怪圈和怪图案，都有各自的特色，但它们有一个共同点，那就是都没有人知道到底是谁做的。

五千年石墓

一般人到英国只知道看什么白金汉宫、大英博物馆，其实像麦田怪圈、白马图案等户外博物馆，也是不容错过的。另外，在附近还有一个有 5000 年历史的古代石墓穴，我也要去探访一番。

▲ 古老石墓的入口

这真是一片神秘的墓葬区，到现在我们也没有办法了解古人为什么要搬那么大的石头过来。石墓的大门之前是被封起来的，把整个墓穴是密封起来。后来人们才从石墓的一边挖开了一条新的通道，让人可以进去。这是一个 100 多米长的墓穴，在初次挖掘的时候，里面还发现了古人的骨骸。

进去后，我发现了一面奇特的墙，就立刻发问："他们用的这种砖还挺特别的，全是手工打造的。他们这么做，是为了抵御大地震吗？"

"不，只是为了防止顶部脱落。"

"是为了防止石块脱落？"

"不，是软土。"

我用手摸了一下墙壁："嗯，是土。"

"不过土都松了。"

"所以这样做就会很结实？"

"对，他们用这种方式让整个岩室更加坚固。"

有趣的石阵

▲ 古老的石阵

英国的威尔特郡实在太有趣了，不只是古墓，接着我还发现了更古老的石阵。

在英格兰南部一个叫做埃夫伯里（Avebury）的地方，有很多环绕排列的石柱。不过很多石柱都被当地民众拆下来拿去盖房子了，因而石阵变得残缺不全，但是置身其中，我仍然能感觉到当初巨石整齐排列时的盛况。

这些石头可不是乱放的，更不是大自然的产物，而是古代人类出于某种目的特意堆置的。他们是怎样把石头弄到这里来的，又为什么要用这样的方式摆放呢？

我还发现，一些做古文明未解之谜研究的朋友多是用占卜杖进行研究的。像这位当地的研究人员就用占卜杖来教我体会这些石头摆放的奥秘。表面上看，这些石头在地面上摆出了一个图形，但其实它们也牵动和勾勒出了一个看不见却真实存在的地灵磁场。而这种磁场通过占卜杖，居然能够做出一个非常直接的联动感应。

拿着占卜杖往前行，你会发现占卜杖的指针居然能一里一外地随着我沿着外围圆圈行进间规律摆动。"one in，one out"，也就是它顺着地底下的磁场不断地一进一出、一左一右。石头必然是依照某种规律排列着，从而产生了一种不能解释的现象。

除了这些有规律堆放的石柱，在威尔特郡附近，还有一个举世知名的世界奇景，那就是巨石阵（Stone Henge）。

▲ 闻名世界的巨石阵

在没有起重机的情形下，把那么重的石头像横梁一样放到两根石柱上面，真是太让人不可思议了。尤其是它们堆起来的样子，似乎跟天文、地理有着微妙的关系。

→ **知识点** ←

巨石阵又叫索尔兹伯里石环，是英国最著名的史前建筑遗迹，距今已有超过 5000 年的历史。它的建造起因和方法至今仍是未解之谜。考古学家知道建造巨石阵的石头来自威尔士，但是这些几十吨重的巨石如何被运到 300 多公里以外的索尔兹伯里平原却是谜团重重。

并且，那里的地下磁场也很奇妙。走到那里时，占卜杖就会交错在一起；而我一离开，它们又会立刻分开。这种交错又分开的现象，简直让围观的人看得目瞪口呆。

→ **知识点** ←

有学者认为，这座巨大的环形石阵是罗马统治时期德鲁伊教派的祭祀场所。也有人声称它像麦田怪圈一样，是外星文明的产物。还有学者考证巨石阵的建造者是 1500 年前消失的凯尔特人。令人称奇的是，巨石阵的主轴线——通往石柱的古道，和夏至那天早晨初升的太阳在同一条线上。

▲ 巨石阵日出示意图

如今，每年夏至时，这里都会聚集成千上万个英国人，甚至全球各地的公众。他们在这里举行纪念活动，彻夜等待日出。就在这一天的晚上，整个巨石阵会产生一种奇妙的能量和磁场，让大家去接收、体会和感应。他们认为这和古代凯尔特人在巨石阵举行的宗教仪式是相似的。

如果要问全世界哪里的日出最特别，当属英格兰南部巨石阵的日出。夏至那天，太阳就从那两个石缝中间升起来。

在日出之后，所有的年轻人开始狂欢起来，像办派对一样。他们都认为，如果能够迎接 6 月 21 日，也就是夏至日的朝阳，他们就得到了彻底的重生。

▼ 我参加了全世界最神秘的日出"派对"

14 / 秘鲁纳兹卡探奇

考察完英国的麦田怪圈之后，我又远赴秘鲁安第斯山脉。在方圆500多平方公里的纳兹卡大平原上，有一些表面看起来平常无奇的线条，但这些线条背后却隐藏着千古惊人的秘密。

在全世界各个古文明未解之谜中，最让大家疑惑的，也是最迟来到的，就是纳兹卡线条（Nazca Line）。

为什么是迟来的未解之谜呢？因为直到人类有了飞机，能够从一千多米的高空看下来，才发现了这些图案。另外，在智利境内的品达多斯，还有中国的青海，也都有类似的未解之谜，没有任何人找得到答案。

> ➤ **知识点** ◄
>
> 1938年，一位秘鲁飞行员在飞经安第斯山脉上空时无意中向下看了一眼，他惊奇地发现地表那些原本杂乱无章的线条竟然变成了一幅幅清晰可辨的巨大图案。更令人震惊的是，一些庞大的几何图案甚至绵延数十公里，却仍能保持完整的形态。还有一些线条则描绘了非常具体的生物形象，比如飞鸟、蜘蛛、猴子以及一些植物。

神秘线条与外星人

我特别想把纳兹卡线条和麦田怪圈来作一个对比，因为麦田怪圈和纳兹卡线条都要驾着飞机从空中才能够看清楚整个硕大的图案。可是麦田怪圈却是在麦子上形成的图案，所以当麦子成熟收割以后，图案也就消失了，然后隔年又会在不同的地方、不同的时间忽然出现。可是纳兹卡就不同了，它一直存在于我们的地球表面，只是一直没被人发现。由于处在非常干旱的沙漠高原上，当地降雨量基本等于零，且人迹罕至，这些线条才得以保存到现在，没有遭受到任何自然或人为的破坏。

当时，我搭乘小飞机到空中观看这神秘的纳兹卡线条。和每一个亲眼见过的人一样，这些巨大而简洁的线条所形成的图案引起了我一连串的疑问：到底是怎么做的（how）？到底为什么要做（why）？到底是谁做的（who）？又做给谁看呢（whom）？

每一个纳兹卡线条的图形都是一笔成形，而且仔细看看，会发现它们既抽象又写实。更让人好奇的是，我们现在看到的各种动物，如

▲ 蜘蛛图案

蜂鸟、狗、秃鹰、蜘蛛等，都不是这个区域的生物。人们甚至要翻越安第斯山，到更远的亚马逊河流域，才能够找到它们。

但是，依靠以前的科技工艺和交通工具，当地的古人们是无法翻越安

第斯山到达另一边的。即便是现在的我们，也要徒步、划船、坐车，走很远的路才能到亚马逊河，才能看到那些生物。

特别是蜘蛛图形尤其耐人寻味。蜘蛛的生殖器若不用显微镜是看不到的，但是在图案里面古人们竟然连蜘蛛右脚的生殖器都画出来了。这让我禁不住啧啧称奇。

这个迟来的未解之谜实在太神秘了。

> **→ 知识点 ←**
>
> 有考古学家通过测量和计算，证实纳兹卡线条的制作年代距今至少有1500年的历史。就像麦田怪圈引起的争论一样，究竟是谁，又是为了什么制作如此庞大的图案，在学术界也是众说纷纭，莫衷一是。而当地有一种传说认为，这是被神化的维拉科查人所留下来的作品。也有人说这是古人为了祈雨和崇拜自然而制作的宗教图腾。当然，以必须从高空才能观看的角度来说，人们也会觉得纳兹卡线条可能是外星文明的产物。

整个纳兹卡线条中最特别的是那个被当地人称作外星人（Alien）的图案。在那座海拔600多米的高山上，图案几乎是覆盖了整个山壁——大大的眼睛、长长的手、大大的脑袋、比例很奇怪的身躯。这不就是我们印象里的外星人吗？难怪这幅图案会有这样的名字，也难怪纳兹卡线条这个迟来的未解之谜，让大家认为与外星以及消失的远古文明有关。

▲ **外星人图案**

　　搭乘飞机从空中看这些图案，我觉得还是不够，一定要深入到真正的图形里面，看看图形是怎么画的。可是这里的地形太崎岖了，哪是什么高原、高山，根本就是一个大戈壁。地面上都是小小的石块，我想爬上个小坡，却都一路打滑，十分吃力。

　　当我真正站在图形里面时，我惊讶地想叫出来，因为我发现那个图案不是画出来的。原来这里遍布石块，而那些图案、线条所在位置的石块都被吸走了。

▲ 零距离体验图案的神奇

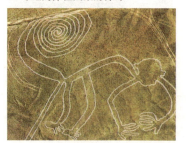

▲ 巨大的猴子图案

　　这么近距离地观看线条，有一种"不知庐山真面目，只缘身在此山中"的感觉。因为每一个图案的线条深度才3到5厘米，不但浅，而且非常简单粗糙，甚至我们一眼看过去都看不太清楚。我也搞不清楚自己是在这个图案里的什么位置，只分得清是顺时针走，还是逆时针走，完全不知道我所走过的那个螺旋形具体是什么图案。

　　直到我跑回旁边山顶上，再一次仔细看才发现：不得了，原来我刚才走的那个图形竟然是一只巨大的蜘蛛猴的尾巴。我在想，人类真的有必要画这么大的图案来吓自己吗？其实根本吓不到自已，因为我们在地上看不到整个图案。

图案惨遭人为破坏

修泛美公路的时候，要从阿拉斯加修到北美、中美、南美，再跨过纳兹卡高原的秘鲁领土，最后修到最南边属于阿根廷以及智利的火地岛，一些纳兹卡图案就在修路的过程中被破坏了。看到那些被破坏的图案，我感到非常的心疼。

> **→ 知识点 ←**
>
> 这些庞大的图案在地表只不过是杂乱无章的线条，直到人类进入工业时代，存在了上千年的纳兹卡线条才被发现。也正因为人们在地面上看不到，人类活动势必对这些美妙的图案造成破坏。

其中一幅鲸鱼图案就正好被泛美公路从中间碾了过去，公路的设计者和当时修路的工人，居然没有发现他们进入了一片神奇的古文明区域。事实上对于巨大的图案来说，筑路开垦的工人就如同小蚂蚁一样，不但浑然不知旁边正是一个壮观的图案，还无心地破坏了它。

▲ 被公路破坏的鲸鱼图案

这也从另一个角度说明了：人类几乎不可能有能力去画出这样的图形，更不用说如何画以及为什么要画。

地心通道

与秘鲁相邻的智利山区，也有和纳兹卡线条性质类似的图案，只是面积略小，形态更符号化。在考察完纳兹卡线条之后，我就随车前往智利境内去参观这些神秘图案。而在从秘鲁去往智利的路上，我又有了惊人的发现。

在纳兹卡，不只是巨大的图形吸引我，其实附近一些奇特的建筑

▲ 螺旋式的通道

和洞穴也十分引人入胜。最特别的是有一个螺旋状的通道，似乎直接通向地心。我马上就想到，刚才不是进过了一个螺旋状的图案吗？不过那个线条是平面的，而我眼前怎么又出现了一个立体的螺旋图案？虽然当地人说那是水井，可是又何必费九牛二虎之力要建造一个螺旋状的、还要走得如此麻烦的水井呢？

根据当地的传说，这原来是一个通往地心的通道。因为如同新疆的坎儿井位于沙漠这般干旱的地方，根本就应该把井覆盖起来，而不是将其敞得开开的。像这样做一个螺旋的入口，只会让水分蒸发得更快。

因此，我越来越觉得这些神秘的未解之谜，好像真的跟外星人有着不为人知的关系。

沙漠里的鲸鱼化石

之后我来到了纳兹卡附近的
萨卡可沙漠。就在这个沙漠里，
我却发现了一只鲸鱼，不过并非
巨图，而是一具真正的鲸鱼尸体
化石。原来这里以前就是大海，
真是沧海桑田呀！鲸鱼化石非常
大，据考证是一只"座头鲸"。

▲ 鲸鱼化石

在这里，你会发现有很多很
多的鲸鱼化石。这里的降雨量几乎等于零，所以鲸鱼化石经过漫长的
时间后还得以保存下来。

纳兹卡的地底下不仅埋有非常古老的座头鲸化石，还有很多奇特
而稀有的矿藏。其中人类最熟悉的便是金矿，所以以前也有人到这里
淘金。

▲ 和当地人一起淘金

那些古老的淘金设备和技术
一直保留着，只是比较简陋而已。
我踩在一个大石头上碾来碾去，
把石头里的岩金碾出来；再将这
些粉末放到小碟子里，加一点水，
然后晃啊晃，慢慢地就会看到里
面闪闪亮亮的金子了。

人类只知道金子，或许这里还有很多其他的稀有元素，只是过去长久以来人类并不懂得如何使用。这是不是吸引外星人来这里的原因？或许他们需要这里的某些我们还不会用的替代矿藏呢！

露天木乃伊区

我继续走，发现在通往智利北方的路上，还有一个叫品达多斯的山区，那里也有许多巨大的图案。并且，在智利北部和秘鲁南部的山区，也有很多木乃伊区。

当地人认为人类在母亲的肚子里是坐着的，所以死的时候也要坐葬。这里很多墓穴非常完整，并有很多陪葬品。由于这里天气非常干燥，所以逝者的尸体被完整地保留了下来，甚至头发、皮肤、眼睛等也保存完好。

我爬下去看了看那些干尸，这一片墓葬区已经有几千年的历史了。也不知道这些木乃伊里面，有没有以前画那些巨大纳兹卡线条的人，有没有那些贪心的淘金客。

智利品达多斯的神奇图案

我的下一个目的地是邻近秘鲁纳兹卡——智利国境内的品达多斯；因为那里的山壁上也有图案，并且比纳兹卡线条更加得神秘，更加得繁复。那里的图形并不是用石头排列的，而是把山坡上的石头拿掉，类似刻图章的方式。我爬到上面，想要看一看到底有什么特别的地方。

等我走近一看才发现，那些石头跟纳兹卡线条的形成方式是完全一样的。特别是在那些图形旁边，画有很多的箭头，有圆的、有尖的，但都不约而同地指向一个深不见底的洞穴。那好像也是一个通到地心的无底洞。这些未解之谜，好像都跟"地心"有着不可捉摸的关系。

▲ 我唯一能看懂的那个图案是个持杖人

而在这些图案里，我还看到了类似飞碟的造型，也看到很多我没有办法解释的图案。我唯一能够看懂的只有一个，好像一个人的形状，他手上拿着一个长长棒子的持杖人。它虽然没有纳兹卡的外星人图案那么大，可是也非常精致，显得我万分渺小。

青海神秘的黑色石头

从秘鲁到智利，一连串的未解之谜似乎都和遥远的外太空有关。尤其那些图形、无底洞，为我们提供了一个个不可思议的线索。

当然，还有其他一些东西也属于未解之谜。比如，我曾在喜马拉雅山区拣到两颗石头。当我把其中一个砸开，被眼前的景象吓了一跳，因为石头里居然像镶嵌了一颗奇妙的螺丝钉一样；而另一颗石头就更奇特了，砸开之后，简直就是一颗子弹完完整整地镶嵌在里面。

这又是一个未解之谜，因为人类怎么可能有这个能力把金属镶嵌

▲ 里面好像镶嵌了一颗子弹的石头

到石头里，而且密合成这样一个形态呢？它是一个火花塞，还是一个炭棒，亦或是一个用废的外太空电池呢？

至于那些金属的成分更是奇特，其中的一些成分是在我们地球上至今没被发现，也是化学课本的元素周期表里没有的。这石头里到底蕴藏着什么秘密，还有待于我们去探索。

而在网络上，我查到有一位住在甘肃的王先生，在青海也拣到了一颗一模一样的石头，为此，我又奔赴到了青海。青海最神秘的地方是位于德令哈市区西南 40 公里的柴达木盆地。在这个人迹罕至，跟纳兹卡高原类似的地方，却出现了神奇的无法解释的管线。管线从墙壁顶部一直通到下面，就好像筷子插进馒头一样，很奇怪。此外，管线材质里面有二氧化铁，而这里以前并没有任何古文明记载，更何况以前人们根本没有做这种工程的能力。

有人说这可能是树木的化石，或是火山爆发的遗迹。但是怎么可能有这么工整的管子被保留下来？而且，管子当中有 7% 到 8% 的物质是我们没有办法验测出来的，也就是说可能是地球上并不存在的物质。

所以我一直在想，从南美洲的秘鲁、智利，探索到我国的青海，这些迟来的未解之谜，是不是真是所谓的外星文明留在地球上的蛛丝马迹呢？

15 / 消失的时间

神秘的海底是否存在另一个不为人类所知的神秘的世界？百慕大海域为什么会被称为"魔鬼三角区"？在这片深邃的海底是否真的存在时光穿越现象？为了揭开谜底，我潜入百慕大海底却意外遭遇强磁干扰和莫名物体的突然袭击，我的体内更是留下了一条一生无法解释的神秘管线。

在有关于地球海底的未解之谜中，最让大家津津乐道的是亚特兰蒂斯和百慕大。亚特兰蒂斯来自希腊哲人柏拉图对远古的记载，直到现在都众说纷纭、莫衷一是。然而百慕大的地点就相对明确多了，它正是我这次探访的重点。

▲ 百慕大三角洲的地理位置

百慕大三角洲，位于北大西洋的马尾藻海，是指由英属百慕大群岛、美属波多黎各及美国佛罗里达州南端迈阿密所形成的三角区海域。

> **→ 知识点 ←**
>
> 1945年12月5日，美国第19飞行中队在百慕大海域上空训练时突然失踪，搜救人员未能找到任何残骸和尸体。由于当时预定的飞行计划是一个三角形，所以这片海域又被称为"魔鬼三角区"。自1945年以来，已累计有数以百计的船只和飞机在此失事，数以千计的人丧生。如今的百慕大三角，已经成为神秘失踪和死亡的代名词。

潜入百慕大海底 40 米

我其实很早就考取了潜水执照，也有了比较丰富的水下作业经验。多年来一直流传的百慕大神秘事故，激起了我的极大好奇，而终于在1996年，我有机会第一次来到百慕大潜水，得以亲身体验这片死亡海域所带来的震撼——我要到海底40米处直接去寻找答案。

实地在百慕大的海底潜水，尤其是潜到三四十米深的时候，压力越来越大。可是跟在其他地方潜水截然不同的是，我竟然发现自己的

▲ 我潜入百慕大海底

罗盘要么静止不转，要么不停乱转。并且，我还一直听到一种回旋的奇特音波不断地震荡着我的耳膜。这种音波不但不会干扰我，反倒让我产生一种非常安定舒适的感觉，好像婴儿在羊水里面听到母亲心跳声时的安定感。

海底有很多千百年来沉没的船只和飞机的残骸，上面长着许多鱼儿爱吃的软珊瑚，形成了所谓的人工鱼礁。照理说，应该会有很多鱼儿过来找食物，可是这里却几乎看不到鱼。是不是连鱼都不想来这里？还是这里的磁波，除了产生一种灵动的音波震荡之外，也向鱼儿施加了另外一种压力，令其不愿靠近？还有，我的罗盘是不是也因为这个地方的磁场的牵动而引起了错乱呢？这是当时我在实地观察时的一个非常大的疑惑。

▲ 海底中船只和飞机的残骸

遭到莫名物体袭击

我知道在百慕大众多奇异事件的分析中，地磁异常是其中的一种解释，但万万没有料到自己第一次到这里潜水，竟然会遭到莫名物体的袭击。

我才游了五分钟左右，就觉得右后腰有一个东西刺了进去。在海底因为有浮力，所以除非是鱼枪，不然绝对不可能有东西具有那么大

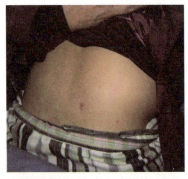

▲ 右后腰间的凹洞

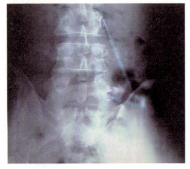

▲ 身体中那奇异的管线

的冲击力，直接刺进我的身体里面。就在我的右后腰处，直到现在还留有一个深深的凹洞，非常明显。

后来我去照 X 光片时才发现，怎么我的体内出现了一个奇特的管线？而这个弯曲的管线，它的线条有一点像纳兹卡的线条（Nazca Line），又有一点像金字塔内部那个通向密室的甬道。

当时，台北市忠孝医院核子医学科的林明贤主任以及放射科的医生一起做了会诊，他们都觉得太惊讶了，因为他们觉得这应该是 100 年后人类医学才有的成绩，或者努力的一个目标：以后如果要放所谓的人工心脏或人工关节，不再需要开刀，可以运用类似内视镜的医学美容开刀手术一样，只要开一个小小的洞，就能够植入。

更神奇的是，这管线既然能被 X 光拍出来白色的线条，那就表示它应该是钙化的物质。可是钙化的管线怎么会刺穿我的身体？并且它没有关节，却具有韧性、软性等特性，可跟随我的躯体活动。凡此种种疑点都是让那些医生们非常好奇和费解的地方。

消失的 35 分钟

我怀疑，或许正是这根管子的植入，导致了自己在海底潜水时产生了时间的错乱、空间的扭曲，以至于到现在我都认为自己的生命丢失了 35 分钟。

当时我是请一位潜水教练陪着我下去，找寻几个比较方便潜水探索的海底目标。并且，我也请他帮我拿着水底摄影机。过去我是做新闻主播的，在进行新闻报道或讲述时，我对于时间的观念是非常强的。如果你告诉我只能做一分钟的讲述，我就知道对于一个专业的新闻记者来说，一分钟大约诵念 144 个字。可是我怎么可能不知道自己在海底待了多久呢？我一直感觉自己在海底待了 15 分钟，可是教练一直在跟我比画捶胸和抹脖子的手势。这在潜水的通用语里面，是代表时间快到了，注意空气瓶里可能已经快没有氧气了，我必须得回到海面。可是不对啊，我才潜水了 15 分钟而已，所以我一直感觉是那个教练在偷懒。可是直到我后来回到台湾整理录像带，才发现画面整整录了 50 分钟。而 50 减 15，中间那 35 分钟好像凭空蒸发消失了。更奇怪的是，在潜水的录像里面，我已经把面镜拿掉了，甚至连呼吸管也拔掉了，那真的好像是回到了母亲的羊水里面，可以那么贴近地感受母亲的心跳。

一般人并不知道我的母亲从生了我，一直到她过世，足足瘫痪了 24 年。我是第一次这么有勇气走进母亲的内心世界，深刻感受我自己这个生命从孕育到走入这个世界，甚至再来到这百慕大的转折起伏。不过我没想到，这次的百慕大未解之谜还没解开，它又丢给我更多的谜题。

遭受海底强磁场干扰

在百慕大，我总共潜水了两次，而第二次的经历更让我吓了一大跳，因为我才下去没多久，我就发现帮我拿摄影机的那个教练一直很心慌地向我挥手。后来我才知道，我们好像遇到了一种磁波的干扰。我在检查影像时发现，在正常的摄像过程当中，画面会忽然因为电波或磁场的干扰而出现多次杂讯，有时候会突然全部变黑，而后又恢复正常，接着又不定期地出现多次杂讯。可是，这并不是因为摄像机的磁头坏掉，或者由于什么机械上的问题，而纯粹是因为当地的磁场跟别的地方确实非常不一样。结果，那家潜水公司一直跟我道歉，钱都不敢收。还好，我保留了那段影片。在当时，我实在很难想象到底是哪里来的电波磁场，连在海底摄影都受到严重直接的干扰。

海底的古文物

在世界各地的旅行过程中，我会留心收集纪念物，去百慕大潜水当然也不例外。如今，我的藏品已经超过 40000 件，足够开一家中型的博物馆了。19 世纪中期以来，百慕大海域已经发生过 100 多次沉船事件，我也在海底收集了一些文物带回家里。

其中一个是我在百慕大潜水时带回来的陶瓷的烟斗。而另外一件，则是非常特别的古老的玻璃瓶。这两件古老的东西，随着当时的那些记忆消失沉没在了海底，之后又被我拣了起来，仿佛会跟我诉说隐藏在它基因密码里的奇幻遭遇。

那个瓶子其实是一个墨水瓶，是鹅毛笔用来蘸着墨水写字的。在不写字的时候怕墨水干掉，所以瓶子还配有一个小瓶盖，小瓶盖上还留有一些英文字母。

而那个烟斗跟我们现在的不太一样，它竟然是陶瓷做的。在断裂处有一个小孔，其实这个地方原本

▲ 古老的玻璃瓶和陶瓷烟斗

是一个小柄，就是吸烟的那个嘴管。当然，嘴管可能在飞机或船只失事时就断裂或腐蚀掉了。这个烟斗的造型非常古朴，陶瓷也非常细腻。这是欧洲最典型的古老烟斗。没有想到我们现在到欧洲都看不到，却在百慕大的海底被保存了下来。

16 / 金字塔巡礼（上）

在广袤无垠的撒哈拉大沙漠里，矗立着人类有史以来最伟大的建筑之一——金字塔。在沙漠中屹立了超过4500年之久的金字塔，是古埃及文明最具影响力和最持久的象征，而它们的存在也为后世留下了耐人寻味的千古谜题。

在全世界的古迹里面，最让大家津津乐道而且最神秘的就是古埃及的金字塔。而到埃及旅行，一直是我梦寐以求的事情。到目前为止，我一共去过七次。

来到埃及，就一定要到开罗附近的吉萨（Giza）。这里有世界最大的三座金字塔：建于公元前2690年的最大的胡夫金字塔，建于公元前2650年的第二大的哈夫拉金字塔，第三大金字塔则是建于公元前2600年的门卡乌拉金字塔。

▲ 我到埃及旅行时的情景

为什么叫金字塔呢？那是因为中文字"金"刚好和金字塔这个四面体的形状非常像。所以在旅行的时候，我一定要到这片广袤的沙漠里看看这个四面体是如何建造起来的。

> **知识点**
>
> 迄今，在埃及境内发现的金字塔已超过 100 座，其中最具代表性的是位于吉萨的金字塔群，包括大大小小 10 座金字塔和一座巨型雕像。大金字塔都建筑在凸起的正方形平台上，塔身的四面呈等腰三角形，简洁的几何外观和庞大的体积使它们看起来异常稳固、庄严，从而产生撼人心魄的力量，令人叹为观止。

现今各种科技迅速发展，让我们变得非常骄傲自大，但站在金字塔下，我感觉我们人类实在是太渺小了，我们应该多多学习一种品格——谦卑。

最大的胡夫金字塔，其每一边长 230 米，总体长度将近 1000 米，也就是一公里，却可以建造得四平八稳，两边的差距也只有不到 0.5 厘米。特别是那三座金字塔，它们的地理位置刚好面对着猎户座腰带

▼ 胡夫金字塔

的三颗星。这不得不让人惊叹古埃及人在数学与天文学上的成就了。

金字塔几乎包含了最复杂的天文学、几何学、物理学等知识，并且包含有各种建筑上最高难度的技巧。举例来说，胡夫金字塔的高度是 146.6 米，这个数字有什么特别的呢？它刚好是太阳和地球最短距离的十亿分之一。并且，古埃及人竟然早就算出了 π 这个数据，也了解我们后来才演算出来的一些其他数据公式。

类似的数据还有很多，比如，大金字塔的重量是地球重量的千兆分之一，塔高的平方等于塔面三角形的面积等，这些数据究竟是巧合还是有意而为，至今不得而知。

通常在研究古文明的时候，总会有三个议题让我们最好奇：第一个是"How"，就是它怎么做的；第二个是"Why"，为什么要做；第三个是"Who"，谁做的。

我们看到的金字塔，相传都是为了当做法老的陵寝而建造的。可是仔细看看那一块块巨大的花岗岩，如果依照我们现在的起重机和工艺科技，建造起来都是很有难度的，于是我们不得不产生这样的疑问，为什么要这么辛苦地建这么大一个所谓的"陵寝"？甚至它其实根本就不是用于墓葬？

→ 知识点 ←

古埃及人相信，人死之后灵魂不灭，只要保存好尸体，3000 年后人就会在极乐世界复活永生，因此他们特别重视建造陵墓。古埃及王朝的每位法老从登基之日起就要着手为自己修建陵墓，以求死后超度为神。牢不可破的隐秘墓穴，狭长幽暗的曲折通道，上百万吨堆起的石块，简洁稳定的外观造型，似乎都是为了确保法老的尸体能够安全留存到那一天。

▲ 胡夫金字塔一块块巨大的花岗岩

你知道每一块石头有多重吗？平均居然有 2.5 吨。在没有现代化起重机械的中古时代，古代埃及人究竟怎样采集搬运数量如此之大并如此沉重的巨石呢？石头堆叠上去是那么困难，而金字塔又是如此的巨大，这个旷日持久的浩大工程到底是怎样完成的呢？据说，金字塔足足要靠 10 万人花 20 年的时间才能够完成。

→ 知识点 ←

2002 年，BBC 制作出品了一部名为《宏伟金字塔的建造》的影片，片中参考当时最新的考古发现，结合实拍以及成熟的三维动画技术，在屏幕上生动地还原了金字塔的建造过程：4500 年前，吉萨附近就有一个规模庞大的采石场，1000 多名专业的采石工人在那里开凿、分解石块。工匠们围绕塔身修筑了长长的斜坡，采集好的石料要靠人力一点一点地拖拽上去。为了省力还需专人在行进的路上洒水，以使地面光滑，减少摩擦力。随着斜坡的渐渐升高，金字塔也日趋完工。经过 17 年的持续努力，塔顶的最后一块石头终于被安置妥当。

回想当时建造金字塔的时候，竟然要花这么长的时间，需要这么多的人，那必须要有一个非常强大的政府组织，还需要有非常多的粮食以及一个很好的统筹规划执行与调度体系。当然，在那

▲ 纪录片中的场景

个时候绝不会有所谓的起重机以及各种现代科技器械来辅助，可竟然还能建得这么雄伟，真是太神奇了。

如果现在让我们把这些差不多 230 万块超过两吨重的石头堆叠起来，很可能会从中间垮下去。所以，看着金字塔，想想我们现代的人类文明，确实存在很多应该省思之处。

走进埃及金字塔内部

宏伟壮观的大金字塔令世人赞叹，而金字塔的内部又蕴藏着怎样惊人的秘密呢？只有走进去才能更加了解。

我曾经两次深入塔内通道，零距离参观法老密室。

不过，金字塔的考古发掘直到如今还在进行之中，我当时去参观的时候，吉萨金字塔群是限制开放的。在目前的金字塔中，只有第二大金字塔是允许游客进去参观的，它有 143.5 米高。

爬进金字塔后，我沿着几乎 45° 倾斜的通道往下走，整条甬道非常狭窄。

▲ 金字塔的通道

下到金字塔里面，感觉非常特别：它被建造在沙漠里，但金字塔里面却为什么一点都不热呢？不但不热，还有一种很清凉、很舒畅的感觉。

关于金字塔内的神秘能量，有不少离奇的传闻。例如，听说把迟钝生锈的刀片放在塔内，刀片自己会变得光洁锋利；而把肉食、蔬菜、水果和牛奶等容易变质的食物放在塔内，则能延长保持新鲜不腐的时限。一些研究结果表明，这和金字塔的形状、结构有着密切的关系。这真的好像是人类无法完成的高难度建筑。

在七次造访金字塔的过程中，我只有五次进入不同金字塔的塔内，第二次是在 1998 年，但是由于光线过于昏暗，以致在抵达法老密室后当年的摄像器材根本无法继续拍摄。好在 1991 年时，我曾在胡夫金字塔内留下了影像，那时胡夫金字塔还是向游客开放的，可以踩着骆驼爬到它的巨石坡面，后来就不再允许游客接近了。

金字塔内部的路线非常工整而简单，最重要的是它里面还保存着各种甬道和密室，包括传说

▲ 金字塔内的石棺

中法老及王后的陵寝，还有单独开辟的储藏室。他们还挖了一些洞，用来放书籍，好像图书馆一样。借着灯光，你可以非常清楚地看到石雕上的象形文字。

> **知识点**

胡夫法老的墓穴顶部由九块重达50吨的花岗岩组成，上面还有当时工匠留下的文字。奇怪的是，考古学家却没能从塔内找到法老的尸体，只有一具石棺停放在墓穴中。胡夫法老墓室北面的墙上，有一个微小的窗口直通塔外，可以使星光照进墓室，似乎在暗示法老的灵魂已经由这个出口通往永生。

狮身人面像

来到埃及吉萨，当然不能错过第二大金字塔——哈夫拉金字塔旁边的特别雕像——举世闻名的狮身人面像。

▼ **狮身人面像与金字塔**

> **→ 知识点 ←**
>
> 狮身人面像又叫斯芬克斯像，由石灰岩雕刻而成。相传在第二大金字塔落成之后，法老哈夫拉视察工程时，看到一块被遗弃的巨石，就吩咐工匠按照自己的模样建造了这座雕像。如今，在数千年的风雨剥蚀之下，狮身人面像已被毁坏得相当严重。

　　狮身人面像在拿破仑打到埃及的时候，还是一半埋在沙子里面。后来慢慢挖开之后才发现，它足足高 21 米，光是一个耳朵就长达 2 米。据说拿破仑曾下令炮轰狮身人面像，因此直到今天，斯芬克斯破损的鼻子仍被归罪于拿破仑的野心。不过这也只是传闻之一，强调当时的这些伟大的古迹就像早年中国的敦煌一样不被重视，任其荒废在漫漫黄沙之间。

▲ 斯芬克斯破损的鼻子

　　狮身人面像的旁边有两个神庙。神庙的墙壁是由花岗岩建造而成的，而那些花岗岩却是从 900 公里以外的阿斯旺（Aswan）运来的。地面铺设的是雪花石，这在整个神庙建筑里面也是相当有代表性的。它和花岗岩刚好成为非常独特的对比。

阿布辛贝尔神庙与方尖碑

当然了，来到埃及千万不要只到开罗附近的吉萨看金字塔，因为埃及的古迹最为人津津乐道的远不只这些。

在埃及的古迹里，一共有三个非常值得我们去了解和欣赏的地方：第一个是金字塔，第二个是拉姆西斯二世神庙，第三个是方尖碑。

位于埃及南方阿布辛贝尔的拉姆西斯二世神庙外面有四尊神像，是依照国王的长相雕刻的。它本来不在现在的位置，而是因为要建阿斯旺大坝，人们把它迁移了 200 多米，又提高了 60 多米。

在建造神庙之前，当时的古埃及人早就掌握了星象和日照的规律。也就是当国王生日与即位那两天，阳光会射进原本非常漆黑的神庙内部，照到那个国王雕像的脸上。但是没想到，当整个神庙移动之后，阳光虽然还能照进去，但是存在一个最大的问题——阳光照进去的日期差了一天。

▲ 神庙外的四尊神像

▲ 方尖碑

当然，在古埃及还有第三个值得了解的古迹，那便是金字塔和神庙以外的方尖碑。方尖碑其实非常大，而现在能看到的这个倒在地上未完成的方尖碑，因为断裂而被埃及人放弃，没有完成，所以又被叫做"未完成碑"。

我来到了阿斯旺附近的一个未完成碑，它非常大，一共有 41 米长，2 米宽，重约 1267 吨，相当重。它建筑的年代可能是拉姆西斯二世，或者是哈特舍普苏特女王的时代。

开斋节

除了金字塔和神庙建筑，埃及独有的莎草纸也是传承古埃及文明的重要载体。在开罗的一家传统画店，我还学到了莎草纸的制作方法。

埃及是信仰伊斯兰教的国家，当地的民众相当友善。

▲ 我在学习莎草纸的制作方法

▲ 我和当地人一起庆祝开斋节

　　我非常幸运，刚好赶上了伊斯兰教的开斋节。经过了 40 天的斋戒之后，在开斋节的晚上，大家都走上街头。他们看到我都非常友善、热情，尤其是在这个特别的日子里，我和一大群埃及男士一起分享了开斋节的喜悦。

　　在观看了金字塔、神庙、方尖碑等古迹之后，我又体会到了他们浓郁的人情。

17／金字塔巡礼（下）

中美洲和墨西哥东南部茂密的热带丛林是美洲玛雅文化的古老摇篮，这里分布着失落上千年的古代文明的遗迹——玛雅金字塔。

玛雅文化是人类历史上最原始、最丰富的古文明之一，他们没有文字，也不会冶炼金属，却创造了辉煌的城市建筑。1200 年前玛雅文化在最鼎盛的时期突然销声匿迹，留下了千古谜题。玛雅文明发源于中美洲，墨西哥、洪

▲ 我和墨西哥金字塔

都拉斯以及危地马拉都是它曾经的重镇。

1994 年，我追寻玛雅文化，足迹遍布中美洲的墨西哥、危地马拉和洪都拉斯等地，试图找出玛雅文化消失的答案。

玛雅文明是世界上的几大古文明之一，墨西哥的玛雅文化遗址也是备受瞩目的古文明地区。在这里，人们可以看到很多阶梯式的金字塔，它们和埃及金字塔有很大的不同，而且其石材放置的方式也和秘鲁印

加文明不同。

玛雅金字塔的空中飞人

到达玛雅文化遗址后，首先映入我眼帘的居然是五名舞者在表现一个抽象"金字塔空中飞人"的古老仪式。

在一个高高的木桩顶端，居然坐了一位舞者，他不断吹着笛子，

▲ 排出虚拟金字塔的"空中飞人"

▲ 我和古玛雅"空中飞人"

还敲着鼓。其他四名舞者的脚上都绑着一根绳子，在乐声中倒挂着不断地旋转、旋转、再旋转，慢慢地往下降落。我想到，金字塔的造型不就是由五个点组合成的四面锥体嘛，而这真的好像一个透明的虚拟金字塔，只是它是由五个人组合的。他们竟然将巨大的古建筑以这样奇幻旋转的方式呈现在我们面前，实在太奇妙了。

这些舞者下来之后，我真的好兴奋，赶快过去跟他们握手，还和他们合影。这是我跨入了玛雅古文明家园的第一步。

墨西哥特奥蒂瓦坎金字塔群

来到玛雅古文明的重镇
墨西哥，一定要去看看位于
特奥蒂瓦坎的太阳金字塔和
月亮金字塔——巨大的玛雅
阶梯状金字塔。

整个金字塔地区占地规
模非常大。而太阳金字塔是

▲ 太阳金字塔

这当中最大的金字塔，也是目前全世界保留的玛雅文明中最壮观的一个。

> **→ 知识点 ←**
>
> 太阳金字塔是特奥蒂瓦坎古城遗址中最大的建筑，也是世界第三大金字
> 塔，大约建造于公元 2 世纪。它坐落在古城中央被称为"黄泉大道"的
> 宽阔大道东侧，由沙土和石头堆砌而成，四面都有阶梯通顶。因为缺乏
> 文字记载，它的建造历史仍是迷雾重重。墨西哥人喜欢将它和埃及金字
> 塔相提并论。要想探访玛雅文明，这里的确是个不错的开始。

太阳金字塔大概离墨西哥首都墨西哥市差不多有 1 个小时 20 分
钟的车程。来到玛雅古文明区，当然要爬一爬金字塔，亲身体验一下，
可是真要攀登金字塔，还真是一件很辛苦的事情。

到了这个体积为 100 万立方米的巨大太阳金字塔之后，我就立马
往上爬，可是爬起来确实非常累，因为阶梯非常陡峻。太阳金字塔一
共有 365 级台阶，高有 66 米，分为 5 层，当时是用来祭拜太阳神的。

祭拜太阳神的神殿就在金字塔的顶端,而且从那里瞭望远方,可以看到月亮金字塔。

> **知识点**
>
> 宗教在玛雅文化中占有极其重要的地位,而太阳金字塔和月亮金字塔都是用来举行祭拜活动的。握有生杀予夺大权的祭司,在塔顶祭拜太阳神、雨神和战神。另外,这里还举行残酷的献祭仪式,祭司会把活人绑在牺牲石上,然后剖其胸、取其心奉献给太阳。有学者猜测,玛雅文化的突然消亡与大规模的杀戮有关。公元10世纪时,率先来到这里的阿兹特克人,沿着一条大道进入古城后,发现全城空无一人。于是他们认为两旁的建筑都是众神的坟墓,就将这条大路命名为"死亡大道",也叫"黄泉大道"。这个称呼一直沿用到今天。

我来到了太阳金字塔的最高点,上面虽然游人如织,但大家其实都战战兢兢的,因为站在上面往下看,会感觉非常得高,而可供人立足的地方却非常小。

其实从太阳金字塔顶端鸟瞰下去,或者走在宽敞的黄泉大道上,都可以发现原来这4000米长、45米宽的黄泉大道和两边屹立着的金字塔,组合成了银河系的星系图。所有的星体,包括代表太阳的太阳金字塔、代表月亮的月亮金字塔,代表土星、木星、金星、水星等等的金字塔,甚至还有代表小行星群的金字塔,都分布在神庙的周围,位置分毫不差。

▲ 4000 米长的黄泉大道

继续往前走，可以看到月坛和代表古玛雅人所崇拜的羽蛇神和美洲豹的神殿。这相传都是他们用来祭祀和祭拜的地方。

从神殿墙壁上的壁画上，依稀可见当时非常精细的绘画痕迹。墙壁上呈现的浮雕图案，其实都是他们的象形文字。我走过去摸一摸那些象形文字，感觉好像直接贴近了玛雅的历史。

▲ 玛雅人的象形文字

玛雅金字塔分成了好几种，最特别的就是刚才我看到的位于特奥蒂瓦坎的太阳金字塔，还有洪都拉斯的科潘（Copan）金字塔，而在危地马拉雨林里面的蒂卡尔（Tikal）金字塔群，更让世人赞叹不已。

> → **知识点** ←
>
> 大约3000年前，玛雅人就开始建造宗教性建筑。最早的遗迹由一些简单的土坟构成，后来才逐渐演化为金字塔。玛雅文明在公元9世纪时突然大规模湮灭，在美洲雨林中遗弃了大批金字塔式建筑和精美的雕像。1697年，最后一批有组织的玛雅人被西班牙殖民者征服，而阿兹特克文明则是在玛雅文明消亡之后兴起的。

古老的玛雅古文明，特别在这个地区后来属于阿兹特克人生活的文化区后，大家都想它们不是消失了吗？可是就在这个时候，我看到他们的子孙还打扮着古代阿兹特克人的样子，正跳着他们非常有特色的舞蹈。他们头上戴着像天线般长长的羽毛，身上的衣服非常非常华丽。

尤其是他们舞蹈的节奏，和着玛雅战鼓的旋律，十分动人。

在即将前往另外一个玛雅重镇——位于丛林里面的洪都拉斯科潘古文明之前，我非常难得地接触到了这么鲜活的阿兹特克文化，并由他们的后代展现在我的眼前。

洪都拉斯科潘金字塔

学界有一种说法认为，目前尚有 300 万玛雅人的后代广泛分布在中美洲地区，即使他们还会说古玛雅的语言，但当年真正掌握古玛雅所有知识技术的最高贵族阶级都消失了，从而造成了文化的严重断层。至于位于洪都拉斯的热带丛林中散落着的典型的玛雅文化遗迹，则保存了相当多的古老象形文字的石面浮雕。

科潘地处洪都拉斯的第二大城圣佩德罗苏拉（Sanpedrosula）西南 100 多公里处，也是玛雅文明的重镇。在这里，能看到多种典型的阶梯形金字塔。

▲ 科潘金字塔

到了洪都拉斯，我发现原来这里的金字塔是可以走进去的，这和在墨西哥所看到的特奥蒂瓦坎的金字塔不一样。很多工人在这里挖掘，原来因为地震和洪水，这里的很多金字塔都被淹没在热带雨林的树根中，需要我们慢慢地来探索。现在，挖掘工作还在不停地进行着。

> ◆ **知识点** ◆
>
> 洪都拉斯的科潘遗迹属于古典时期的玛雅文明，早在公元前1100年，科潘河谷地就有人居住。古玛雅人为什么会选择在热带雨林里面建造金字塔，而不是在河流边上或者交通非常方便的地点建造呢？他们完全没有车子和各种交通工具，又是怎么把建材运到这边的呢？建造金字塔的巨石究竟从哪里运来，又是怎样堆砌而成的呢？这些一直是困扰学者们的谜题。

考古学家在科潘遗迹中发现了一座圣坛，上面刻画着16位人物的形象。起先考古学家认为这是描绘16位祭司环坐一起讨论问题的场景，而随着更多玛雅文字的破译才确定，这是16位科潘国王的形象。

很多人都说中国字叫做"方块字"，其实玛雅文明最特别的是，他们的字似乎比中国字更方块，而且是圆圆胖胖的，更像是象形文字的图案。他们非常喜欢把象形文字雕刻在各种石碑上，甚至塔体的斜面上。

▲ 圣坛上其中四位科潘国王的形象

公元前后，玛雅人独立创造了象形图画文字。他们将树皮条压平并浸透树胶，再涂上一层熟石灰，然后在树皮条上绘画，书写象形文字、数字以及众神和动物的形象。古玛雅文由800多种图形和符号组成，图文并茂，许多抄本中记载了玛雅人的历史、神话传说和立法等，但绝大多数都已被西班牙殖民者与传教士当做魔鬼的作品付之一炬。除抄本以外，古玛雅文还保存在石柱、石碑和古建筑的铭文之中。

阶梯两边的墙壁上有很多雕刻，可以说，这不仅仅是一个阶梯，也是一个历史的走廊。尤其是那些又像图案又像文字的符号，有着非常深刻的文化意涵，只可惜许许多多的传统智慧和文字解析现在都早已流失了。

→ **知识点** ←

玛雅人十分重视历史，每隔20年就在一些城邦内树立一个石柱，上面用玛雅文来记载重大的事件。因此，玛雅文化是美洲古代历史上唯一有明确的纪年可作为依据的文化。玛雅人立柱记史的传统绵延1200多年，后因西班牙殖民者的入侵而中断。

当我仔细看那些雕刻的时候，文字的线条就好像跃然纸上一般映

▼ **玛雅人竖立的石柱**

在我的眼前。最不可思议的是，玛雅文化根本没有发展到运用金属的阶段，他们是如何雕刻得这么精细，又打磨得这么平滑的呢？除了各种立体的雕刻和文字浮雕，他们还建造起了众多阶梯状的金字塔。古玛雅同样在当时似乎完全没有运用轮子、车辆或是驴和牛马来搬运这些建造金字塔的石材，甚至像危地马拉蒂卡尔的玛雅金字塔群这样在茂密的雨林里面的建筑，竟然奇怪到连外联的道路都没有，他们确实留下了一大堆的谜团给现代人慢慢去猜测探索。

台湾七星山的金字塔

不只是在非洲的埃及和中美洲的玛雅有古代金字塔，在我出生的中国台湾，也有一个神秘的金字塔，它就是位于台北盆地周边的最高山——1120米高的七星山上的一个神秘三角锥体。

▲ 台湾七星山的金字塔

→ **知识点** ←

台湾七星山的金字塔于 1994 年年底被发现，直到今天考古学界对它到底是人为的神秘古文明还是自然形成的岩块仍然争论不休。有史学家考证后认为，这个金字塔是三至五万年前，由凯达格兰人留下的巨石文明，比埃及金字塔还要早很多，但建造的目的却很类似，都是为了构建一个专门的场所，以便收集宇宙的能量，从而使塔内形成不会腐朽的环境。

▲ 七星山金字塔通道

我进入过七星山的三角锥金字塔里，塔内有通道，是通向另一端的。通道很深，很潮湿，地上非常黏。通道可能是人挖出来的，而不是天然的。塔内有完整的巨石，也有石条和石块，不过能明显地看出，这些石头是经过人为切割的。

在塔的旁边，有一个月牙池，从山下鸟瞰，是一个弯弯的微笑形状。不仅如此，塔的周围还围绕着两道两米高的石墙，更别说一旁像极了人形或猴头的奇妙石雕了，这一切都让人啧啧称奇。

我实地走访了埃及、玛雅以及中国台湾的金字塔后发现：金字塔有的是具有非常平滑的表面，有的是阶梯状的，有的是四面体的，有的则是三角锥体（台湾金字塔）。它们的共同点都是外表十分的工整，内部有甬道或者密室，好像蕴藏着许多的玄机让我们去了解，只是我们千百年来似乎一直没有办法找到答案，等待我们后人继续努力去探索吧！

18 / 空中石城（上）

在海拔 3800 多米的安第斯高原，有一个叫做"的的喀喀"的湖泊。1000 多年前，一个崇拜太阳神的印第安部落从这里出发向北征战，疆域逐步拓展，势力范围纵贯南美大陆，最终成为强盛的印加帝国。500 多年后，一座建筑在山巅的巨大石城被没落的印加人遗弃、也被现代人所遗忘，这就是马丘比丘。

1996 年 7 月，我畅游的的喀喀湖和马丘比丘，深入秘鲁山区探访印加后裔，试图穿越重重历史迷雾，寻找庞大帝国的失落之谜。

谈到南美洲的古文明，印加文明是最具代表性的，也是最神秘的。尤其是他们的祖先到底来自哪里以及他们的后代又消失在哪里，是所有研究古文明的朋友们最好奇的话题之一。

古老的印加帝国的版图非常大，从秘鲁、玻利维亚一直延伸到智利。就在这一大片的山区，以及的的喀喀湖畔，古印加人留下了一些蛛丝马迹。作为一个行者，我也要深入安第斯山区，一一去探索。

另外，我还要跋涉千山万水赶赴印加古帝国后裔组织的山区庙会，那成为了我旅行记录过程中一次难忘的亮点。

初识印加后裔乌罗人

故事，从的的喀喀湖开始。

> **→ 知识点 ←**
>
> 的的喀喀位于秘鲁和玻利维亚交界的高原上，是南美洲地势最高的淡水湖。这颗璀璨的高原明珠孕育了神秘的印加文明，也留下了代代相传的美丽传说。

所有的印加人都深信他们的祖先是搭乘着一种会飞行的东西降落在的的喀喀湖旁边的一个小岛的，之后一对兄妹结婚，并繁衍出了印加一族。

行船在的的喀喀湖的湖面上，你会发现湖水非常清澈，都能看到水草在湖里随波摇摆。现在是一群叫做"乌罗"的族人住在这里的湖畔上。

> **→ 知识点 ←**
>
> 乌罗人是一支古老印加人的后裔，世世代代在湖畔繁衍生息，特殊的生活环境造就了乌罗人独具特色的生活方式。

乌罗的族人会在的的喀喀湖旁边洗衣服、晒衣服，采集一种叫做"托托洛"的草，整个湖就是他们生活的中心。

他们最擅长的就是运用湖里的芦草。这些芦草，不但可以吃，还可以被做成衣服、帽子、房子，甚至可以被做成船只。最特别的是，

▲ 湖里的水草

▲ 乌罗族人用草做成的浮岛

他们将草捆在一起，就形成了一个世界奇观——所谓的"湖中浮岛"。这个用草做成的浮岛，就是乌罗族人居住的"土地"。在这个"土地"上，他们架起了高高的架子，然后把草船摆在上面晾干。

浮岛上当然少不了房子。他们的房舍三五错落，生活的所有点点滴滴都在这个如美洲豹图案的湖面上世代延续。

→ **知识点** ←

起初印加人的祖先以的的喀喀湖为中心建造了巨大的城市，随后持续扩张了 500 年的时间，建立了一整套完善的国家体系，并最终成为庞大的印加帝国，在历史上素有"美洲的罗马"之称。如今在湖岸的周围还散落着一些遗迹供游人欣赏。和玛雅人的后裔阿兹特克人一样，印加人也崇拜太阳，并自认为是太阳神和月亮神的后裔。

畅游的的喀喀湖

为了更好地了解这片湖泊对印加文化的影响，我想到了一个不错的方式，那就是搭乘当地印加人的船，畅游的的喀喀湖。

印加的船是用那种叫"托托洛"的草做成的，虽然用草做成，但我惊奇地发现它其实很安全坚固。

既然这些印加子民最崇拜的是太阳神，所以我也选了一个清早，穿上乌罗族最传统的印加披风式的服装——蓬丘（音译），和一位老伯伯一起划桨，撑起了这古老的草船，航行在的的喀喀湖辽阔的湖面上。

▲ 和当地的老伯伯一起划船

我回头一看，草船的样子不正像一个弯弯的月亮吗？这个传统的草船似乎也跟他们的祖先有着密切的关系。船草被麻绳紧紧地捆在一起，不会漏水。为什么呢？原来这些草是空心的，并且经过当地人精细的工艺处理，浮力会变得很强。

行船在的的喀喀湖上，自在自由，而且安全无阻。在这个时候，我深深地感受到，这些印加子民的后代真是湖上的智慧者，因为他们的老祖先教会他们如何安居乐业地生活于这片浩瀚的湖上。同时，他们也把自己的文化渗透到这波光粼粼的湖水里，创建出全世界最独特的湖泊生活风貌。

千百年来，他们就用这个草船，不但航行在的的喀喀湖上，而且还穿越重洋。据说很多古文明都是如此散播开来的。

在航行的时候，我发现划桨不但需要有既轻缓又有力的节奏技巧，还需要搭配撑篙。撑篙的时候一定要戳到泥沙的深处，才能找到借力点，向前行进。

另外，掌握方向也十分不容易，还好那位老伯伯一直在旁边协助我。

我非常感谢他，能让我第一次在的的喀喀湖上扮演印加子民，并且教我学会了划船。

▲ 在清晨的湖水里畅游

虽然时值盛夏，但是由于地处高原，平均海拔超过 4000 米，的的喀喀湖的早晨还是非常清冷。划了一段路之后，我心想这么难得的机会，一定要到水里面去看看。于是我脱了衣服就往水里跳，但清晨的湖水非常冷，冷得我直打哆嗦。可是动一动身子骨之后，我又觉得通体舒畅了。

为了方便在陆地上和水下都能拍摄，我带了两台摄影机。在水里，可以看清这一艘船的整体结构。在水里游了一段后，我看到湖里面好像有人在捕鱼，因为我看到了渔网。可是为什么那些渔网都不会动，旁边还有些像柱子的东西把它固定住？原来这叫箱网养殖——一种最现代也最传统的方式。里面有很多鳟鱼游来游去。鳟鱼是一种习性特别的鱼，需要冰冷的活水，而且需要不断地游动。难怪的的喀喀湖变成了最适合养殖鳟鱼的地方。当地的乌罗族人真是非常善于捕鱼和养鱼！

徜徉在的的喀喀湖上，既能够划船又可以游泳，真是一种幸福。想想看，一个旅行者能够有这样的机会，诚属难得。

学习编织草船

终于到岸了，那位带着我的老伯伯才下了船，草船都还没有拴好，他就去叫他的太太过来看我这个来自遥远东方的访客。然后他兴奋地对自己的太太说："你看，我们长得是不是很像啊？"我也看了看，的确，他们只是因为生活在高原上，晒得黑黑红红的，其实我们的轮廓还真的有几分神似呢！老太太非常可爱，她戴着帽子，梳着辫子，穿着蓬蓬的裙子，神情非常纯净、质朴，有点像我们藏族的同胞。

他们开始整理那些做船的水草，这种草我一再提到，它对于古印加后代乌罗族人是非常重要的。晒干的草刚好就是做船所需的非常重要的

▲ 我与当地人一起整理水草

材料。这对老夫妻不厌其烦地教我怎样拿草，怎样捆草，又怎样摆放，然后一艘草船的雏形就诞生了。

我跟着他们一步一步乖巧安静地学，学习做一位古印加后裔——乌罗族人。

空中之城马丘比丘

既然现在印加的后代都住在用芦草搭建的浮岛上面，我就很难找到一些古印加的蛛丝马迹，比如一些古代建筑或者一些石造的雕刻。于是，我不得不再次独自深入到湖畔周围去探寻古迹。

功夫不负有心人，我终于在的的喀喀湖畔找到了一处古迹——玛纽德印加，也就是印加古帝国时代的澡堂。澡堂完全是用石头堆砌起来的，水是接引过来的，很干净。水渠中间是一个接一个的瓦片，这样子水就可以自然流过去了。

尽管的的喀喀湖周围有不少古代遗迹，但它们零零散散的，不足以满足我强烈的好奇心。

而在附近的一座山上，有一个叫做"马丘比丘"的地方，那是一个失落的城市、一个完整的古迹文化区，也就是令很多旅行者向往的"空中之城"，那里所有的建筑都是用石头造的。

> **知识点** ←

据说马丘比丘是古印加帝国在最鼎盛时期建造的贵族庄园，专供权贵阶层在这里度假游乐。欧洲殖民者入侵南美洲以后，马丘比丘很快就随着帝国的没落而被遗弃了。直到 1911 年，这座庞大的石城才被美国考古学家发现，随后它成为了印加文化的标志。

在这海拔 2000 多米的高山上，古印加人是如何建造了这样一个石城，又是如何把 20 吨的石头搬到山顶的，至今还在困扰着众多学者。不过，石城似乎留下了很多可以让我探寻的线索，牵引我可以一步一步地接近它，了解它。

一眼望去，马丘比丘真的是太壮观了，它的面积约有 5 万平方公里，长有 1000

▲ 空中之城马丘比丘

米，宽有 550 米。这么大的一个建筑群共分成了三大区域，包括了神圣区、通俗区和供祭司和贵族居住的住宅区。三大石造区就沿着山壁建造。我不得不佩服古印加人的智慧了：怎么可能用人类的力量把一个城市建在这么高的高山上呢？实在太令人惊叹了。

古印加人非常崇拜和平，并认为秃鹰是人类与上天的连接者，于是他们建造了一座座秃鹰神庙。贵族房子的墙壁上，每一个石块都经过了非常精细的打磨，不过比起神庙，其打磨的精细度就差了一截。

这里有很多居住区，这边一个，那边一个，井然有序。而地势最高的那个居住区便是国王居住的地方。居住区分得非常精细，整个社会的组织也十分有规律。

▲ 古印加人的石头切割法

最困难的筑造工法是：这些石造建筑都是用一块一块的石头建造的。我们姑且先不管他们是怎么样将石头搬上来的，最重要的是他们居然会利用一种奇妙的"12 角切割法"。这也就是把一个正方体石块的 8 个角都削成内凹，使得原来四方体平面的 1 个角立刻变成了 3 个角；而这单一平面上 4 处各变为 3 个角的新曲线就组合成了 12 个内外凸凹点，有如大十字的图案。这个众多立方体大小不规律镶嵌组合的建筑方式，就是独步全球的"12角切割法"。这种多面向、多触角的石头可以进行各种灵活组合，组合的时候即便是大大小小、歪七扭八，反而更能够坚实稳固密合，实在是太不可思议了。

1960的时候，考古学家试着用现代的科技去切割石头，却只切割下很小的一块。而当时马丘比丘所需的石头全部都是在当时的文明水平下切割的。他们切割的方式充满了智慧，比如，有一些石头有自然的裂缝，他们就把木头沾水后放进裂缝中，当木头膨胀，这样石头就自然裂开了。据说他们还能利用木头的滚动来运载石头，古印加人在几百年前就能够完成马丘比丘整体的石头建筑了，但是以我们现在人类的科技完成起来恐怕还是很困难的。

古印加人真的是最擅长堆砌石头的民族，每一块石头都不一样大，都是不同的形状，却能够镶嵌交叠在一起，并且分毫不差，连一片刀片都插不进去，让我对印加古文化实在是又敬又畏。

当然，谁做的？为什么做？如何做？这三个问题仍然萦绕在我的心头。

19 / 空中石城（下）

印加帝国虽然只存在了 500 多年，却和玛雅以及阿兹特克文化一样，在美洲古文明中占有重要的一席。它的建筑艺术、医疗水平和染织技术都相当发达。印加人的军队数量庞大，武器却十分落后，结果在西班牙殖民者的入侵之下不堪一击，只留下谜一样的石造建筑供世人凭吊。马丘比丘坐落在秘鲁境内海拔 2300 多米的山脊上，规模庞大，布局精巧，是名副其实的"空中之城"，展现了印加文明高超的建筑水准。

印加帝国崇拜太阳神，马丘比丘作为印加文化的标志，是否在建筑上有比较特殊的设计呢？

神奇的拴日石

每年的 6 月 21 日，是我们北半球的夏至，马丘比丘的冬至。当地人对太阳神非常崇拜，他们建造了"拴日石"，让太阳在这一天能够直直地照进"三窗之壁"以及祭拜太阳神的祭坛，并且分毫不差。他们

▲ 我与拴日石

要在这南半球日照最短的一天，把太阳从最远的地方，一步步再拴回来。这种观念不但跟天文、物理有关，也跟他们的宗教信仰有关。并且，拴日石的每一个石头都不一样大，形状也各异，却能够镶嵌在一起，并能做到分毫不差。

他们怎么可能在那么古老的年代，就运用几何学、天文学等算出这样的数据呢？这实在太令人惊奇了。

我发现，印加古人真的是最擅长运用石头的民族，他们不但能够把石头刻得如此精细，还在拴日石之外雕了一个很奇特的东西——与后面高峰相似的石像。其实，这石像完全是按照那边的山形雕刻出来的一个小模型，是马丘比丘伟大建筑智慧的另一个结晶。

那座山的最高峰，叫做"瓦纳比丘"。如果仔细看去，它很像一个印加祖先正躺着仰望天空。在印加古人的信仰里，瓦纳比丘的山峰正是其祖先的鼻子。

在马丘比丘，除了冰冷的石造建筑令人感怀往昔外，还有一种逍遥自在的动物引起了我的兴趣。

▲ 印加古人雕刻的奇特石像

奇特的动物——羊驼

在我仔细端详这些印加古迹，特别是马丘比丘这伟大的古文明时，无意间一转眼，哇，让我太惊喜了！怎么有一个三不像的奇怪动物在旁边，并且它还不怕人？我走过去仔细一看，这不是我以前在书里面见过的羊驼嘛！羊驼也叫骆马，它当地的名字叫做"Yama"。而在中国它有一个比较戏谑的名字——草泥马。

▲ 我和羊驼

我们知道，西藏和这里一样，海拔很高，有高原之舟——牦牛；而在这里的印加祖先驯养了一种特别的动物——羊驼。它不像骆驼，不像马，不像羊，但不仅可以像牦牛一样在高山、高原上帮人们驮重物，它的皮毛还可以用来做过冬时的御寒衣物、褥子、毡子等，用途很是广泛。

你会看到，羊驼悠游在古印加帝国留下的马丘比丘古迹当中，俨然像主人一样，代替那些已经消失的远古印加祖先们，在这里与我相遇。

马丘比丘实在是太吸引我了，因而在十年当中，我一共去了三次，而在这一次和羊驼相遇之后，我好像对马丘比丘有了更多的认识。

跋山涉水赴庙会

虽然马丘比丘已经被联合国教科文组织评为自然和人文的双遗产，可是我更想去看看在这失落的古迹和印加后裔中，到底有没有一些"活的"印加文化，能够更让我感同身受地去参与和体会。

我听说在印地古都库斯科附近的一个山区，将要举行一场特别的庙会，所以，不管多远我都要去。库斯科这个古老的名字，其实是"肚脐"的意思。既然是印加古帝国的肚脐，就代表是当时政治、文化和交通的一个重要中心，自然是许多文化荟萃的地方。这真是一个值得我去探访的好地方。

为了见证至今仍在流传的鲜活的印加文化，在人生地不熟的情况下，我孤身前往了这鲜有外人涉入的偏远的秘鲁山区。

> **→ 知识点 ←**
>
> 秘鲁政府为了发展旅游业，从马丘比丘到库斯科专门修筑了一条铁路，不过要从马丘比丘去到火车站，并不容易。

在马丘比丘走来走去、爬上爬下就够累了，可去马丘比丘山下的火车站更是辛苦，因为除了要步行一段路程之外，还要转乘一辆拥挤的公共巴士才能够到达。

在路上，我发现这里的民众挺有人情味的：有时候小孩在路边挥下手，司机就会停车，让他搭个便车。

由于火车很久才来一班，乘客需要在那里等车，所以在火车站你会看到这样一个奇妙的景象，就是世界各地来的观光客都坐在地上，甚至还有的坐在铁轨上。大家如此是为了等着买火车票。

我发现：特别是许多欧美青年对马丘比丘这个地方非常向往，有的只要学校一毕业，第一个目标就是要来这里旅行。

大家一起坐在地上，有说有笑，这刚好又是一个在辛苦的旅行中，可以交朋友的好机会。那些年轻人都很开朗，也很好奇，因为很少看到华人的面孔，所以一看到我，分外地亲切。就在等车的时候，我发现自己也交到了不少的朋友。

火车实在太慢了，到了天黑才来，所有的旅客立马蜂拥而上。因为这里地势很高，下山的铁轨是"之"字形的，所以火车总是晃来晃去的，大家挤在车厢里面又累又无聊。

▲ 我新交到了一位朋友

没想到车厢里还有艺人来卖唱，他们吹着排箫、竖笛、乌克丽丽琴（Ukulele，一种类似吉他的小型乐器）来为我们助兴。

难忘的库斯科之夜

火车摇摇晃晃，直到凌晨才抵达库斯科。我真的是又饿又冷，望了望四周，很是失望，因为所有的店都关了。

→ **知识点** ←

库斯科是一座古老的城市，一度作为印加帝国的政治宗教中心，现在只是秘鲁一个行省的省会。

晚上在库斯科教堂前面，我看到了不少街头游童，当然我也幸运地看到了摆摊到很晚的摊贩。尽管在这印加古城里有为数不少的历史遗迹，昭示着印加帝国曾经的辉煌，但现在我最要紧的问题还是填饱肚子。

来到一个卖夜宵的小摊贩前面，我跟他们聊了聊，然后坐了下来。他们非但没要我的钱，大家还很快打成了一片。

这里的人真的让我印象非常深刻，因为在观光客聚集的古文明地区，你会发现很多当地的民众好像都被观光客给宠坏了，不是来跟你要钱就是想骗你的钱。可是这里的人完全不同，他们非常纯朴，而且非常慷慨。

就在这样一个寂静的夜晚，我跟他们一起度过了难忘的夜晚。他们比手画脚地告诉我：不是他们这里的人特别好，其实是我的和善笑容和好奇交流打动了大家，他们说他们不可能对每一个观光游客都像对我这样好的。

是吗？原来我有这样可爱的人格特质吗？这真让我开心，原来旅行还能教导人们谦虚和认真地了解自己呀！"旅行"真的是有趣的"修行"。

我明天还要赶路，而小贩们也告诉我，就在后天，那个记录着古印加文化最后一个线索的最大的山区庙会即将举行。我必须从库斯科

搭乘老公交车，中间再转三班车到另外一个小镇，到了小镇后再搭乘
能够到那个小村的一班小型巴士才能抵达。反复问路问得我头昏脑胀，
但是我决定一定要去。在库斯科的最后一夜，这里浓郁的人情给了我
一个甜美的梦。

第一次乘坐大卡车

天亮了，我终于到了他们所说的小镇，可是它的名字到现在我都
还念不清楚："Cca Cca"什么的。随后我赶紧打听到那小山村的公共
汽车站在哪里。我问东问西，费了九牛二虎之力才找到车站。我来到
一辆车前问司机去不去那个小山村，可他说车子哪里都去，就是不去
那个举行庙会的小村。我听了后失望极了，心想那怎么办啊！为什么
从每个人那里得到的信息都不一样？

还好，苍天不负苦心人，我到处打听，得知一个司机知道庙会的
相关信息。太好了！我赶快比手画脚地去问他，他就跟我讲，公交车
是坐不到那里的，唯一去的车是那种私人的大卡车。他说，我运气刚
刚好，因为庙会需要一些物资，有辆私人卡车刚好要过去送货，所以
会经过那过那个小村，只是不知道人家愿不愿意让我搭便车。

"我要坐货车到那边去参加庙会。"我硬着头皮去拜托那个卡车司
机，还好人家答应收我六毛钱，让我跟货物一起露天坐在后面。车上
还有一些当地的民众，他们也是要去参加庙会的，于是我们就坐在那
些物资上面。车子摇摇晃晃的，而且是敞篷的，我忽然想到一句成语，

那就是"风尘仆仆"。一点都没错，这个敞篷车并不是那种高贵的用

▲ 第一次乘坐大卡车

来兜风的轿车，我们一路迎着风沙，被吹得头昏脑胀。可是我心里很高兴，一是因为我终于可以参加自己梦寐以求的古印加庙会了，二是因为这也是个难忘的体验，什么车我都坐过了，就是没有坐过在山间绕来绕去的大卡车。

零距离体验印加庙会文化

经过一天的颠簸，我终于抵达了目的地。身着节日盛装的山民们正聚集起来赶往教堂前的空地，一年一度的盛大庙会就要开始了。

我看到，不论是男士还是女士，他们戴的帽子、穿的衣服，都非常庄重和工整，也非常特别。原来我们现代人穿的披风，戴的遮耳帽，都是跟古印加人学的。那些现代最新流行的服饰我们倒是可以在秘鲁这个小小的山村里面看到设计的原型。

再来看看他们的舞步，完全是一丝不苟，他们随着不同曲目的节拍，跳得非常认真。乐声响起，旋转、跳跃，大家相互交错，不断地展现着古印加祖先诉说的故事，只不过这一次是用舞蹈来呈现。我也非常开心地加入到他们当中去共舞。

妇女们的舞蹈有许多旋转的动作，伴随着裙摆飞旋，十分美丽。

传说，他们的祖先就是乘坐着一个又大又圆还会旋转的东西来到这片土地上的，而妇女们穿着这样的裙子，就好像是一个大圆盘，表示自己能够传承祖先的遗志繁衍下一代，让族群一直源远流长地传承下去。

这一幕又一幕让我非常感动。

在跳舞的时候，晒得越来越黑的我，跟他们也越来越像，而他们更是对我越来越好，不但带着我跳舞，还拉着我去吃饭。吃饭的时候，他们还把帽子往我头上戴，披风往我身上穿。

▲ 我穿戴上了当地的传统服饰

这次的古印加文化之旅真得非常辛苦，一会儿要潜到深深的湖水里，一会儿又要爬到高高的山巅上。另外，只不过听说有一个山村的小庙会，我又要不顾一切地跋山涉水，搭乘各种交通工具，一会儿是公共汽车，一会儿是火车，一会儿又是敞篷大卡车，真的是让我吃尽了苦头，可是我觉得太值得了。

如果我不能够放下身段，不能够忍饥挨饿，不能忍受沿途的奔波劳苦，那我就绝不可能一步一步地接触到古印加人留下来的文化。

所以，旅行就是应该敞开心扉去体会、去感受。

20 / 复活节岛奇幻巨石像

在世界上，巨石文明有很多种形式，有的是建造出非常宏伟的建筑，有的是雕刻出高大的石人像。我非常喜欢有系统地去做研究、归纳以及拍摄记录，当然石人像就是一个非常重要的主题。

在所有的石人像当中，复活节岛的石人像是最有代表性的，因此从 1994 年到 1997 年的 12 年间，我多次造访了这个位于太平洋东南方的奇特小岛。

> **→ 知识点 ←**
>
> 复活节岛又叫复活岛，距离最近并有人定居的群岛有 2000 多公里。该岛形状近似三角形，由三座火山组成，岛上遍布大大小小 600 多尊被称为"摩艾"（Moai，当地的土语，即巨石像）的巨型石像，其中只有 7 尊面向大海。这里是世界的"肚脐"，是地球上最与世隔绝的孤岛之一，吸引了各国的观光客和考古学家前来猎奇探秘。

奇特的巨石像

岛上有 7 尊奇特的巨石像，只有它们是面向大海的，而整个岛上

▲ 巨石像

的其他巨石像都是背向大海的。这到底是为什么呢？其实至今也没有人知道，仍是一个未解之谜。我骑着马徜徉在巨石像前，感觉很特别，不禁憧憬起远古文明来。

这个小岛还真是名副其实的"前不着村后不着店"，它离大溪地差不多还有 5000 公里，而离智利的首都圣地亚哥还有 4800 公里。更奇怪的是，整个岛上没有什么植物，也没有什么动物，却有着那么多名为摩艾（Moai）的巨石人像。

我从当地带回来一个小雕刻，它所采用的材料正是巨石像用的那种火山石。它的样子跟巨石像一模一样，只是体积等比例缩小了而已。手拿着这个小雕像，都觉得有点沉，可想而知，那巨石像有多重。

巨石像是由黑色的火山岩雕刻而成的，而有的巨石像上面还顶着一个红色帽子，帽子则是由红色的火山岩雕刻而成。红色的帽子不用任何的黏着剂，就直接压在巨石像的头顶上面，非常稳固。而巨石像有的有好几米高，也有的由最近考古队开挖才发现竟然高达十几米，实在无法想象当初他们是怎样将帽子放上去的？

巨石像的眼白部分是白色的珊瑚礁,而黑的部分是一种特殊的黑曜石。黑色的身子、红色的帽子和黑白分明的眼睛,就组合了最神奇的摩艾的典型形象。只可惜,因为海浪的冲击或者地震的关系,它们很多都残破了。

▲ 石像的眼睛

曾经有日本企业愿意出钱恢复那些被海浪吹倒的巨石像,即便他们使用了现在最先进的起重机等设备,六尊海边最普通的巨石像就花费了他们六年的时间。可是当地还现存着几百尊巨石像,古时的人们能够完成如此工程,实在太让人惊叹了。

> **→ 知识点 ←**
>
> 摩艾巨石像全部为半身造像,通常高 7 ～ 10 米,重量从 20 吨到 90 吨不等,最重的能达到 200 吨以上。至于这么高大的石像究竟是怎样竖立起来的,就连岛上的土著居民都搞不清楚。

跟当地人一起捕鱼

现在你所看到的当地居民,其实已经不是古代建造摩艾的那一群人了,因为后来西方的殖民主义者把大部分人抓去做奴隶了。后来有一部分人逃跑或被放了回来,但这就把外面的细菌一起带了回来。细菌感染使得当地的土著人全部灭族。现在的居民都是由附近的大溪地移民来的波利尼西亚民族。

　　我一直听说波利尼西亚的民众非常善于捕鱼，而就在复活节岛，我真正见识到了他们是如何捕鱼的。特别高兴的是，他们还带着我一起去捕鱼。从开始踏上礁石，我就发现自己寸步难行，而他们却能够如履平地。进入到海中后，他们更像是腾跃的蛟龙，只有我一个人跌跌撞撞，一直被涌过来的海浪打得四脚朝天。此刻我完全可以想象陆地上的那些巨大的摩艾石像是怎么样被海浪给冲倒的了。

　　他们捕鱼的方式非常特别，并不是用撒网的方式，而是将渔网在海里慢慢卷成一团，到陆地上后再由两个人慢慢打开。可是海浪实在太大了，我拍照也拍不好，捕鱼也捕不好，只能协助他们一起把渔网拉回到岸边。扯开渔网的时候，我发现运气还不错，我们捕到了几条鱼，当然这也就成为我们的晚餐。他们还教我怎么样烤鱼和煮鱼。

　　又是非常丰富的一天，我不但看到了摩艾巨石像，还跟当地人学习了怎么捕鱼和烤鱼。

探寻采石场

　　当时，我是骑着马和一位妇人来到山谷里看古老的摩艾石像的。我真的很感谢这位妇女，因为当时我为了省钱，到处打听当地民众家里有没有可以住的地方，还好这位妇女收留了我，她说我只要帮她们家买一点糖和面包就可以了。所以，我就这样住下来了。当地没有任何车辆，一定都要靠骑马。幸好，她也把自己家的马借给我一匹，她骑一匹，我骑一匹，一起向山谷走去，去看看摩艾石像是怎么建造的，特别是还要到采石场看看石头是怎么雕刻的。

看到这些雕像千万不要以为到了四川的大足石刻或者乐山大佛那里，事实上这里就是复活岛中相当著名的石刻区。而这个地方的名字叫做拉诺拉拉库（Rano Raraku），拉诺是"火山"的意思。全岛绝大多数的摩艾石像都是在拉拉库火山这里雕刻的。

在这个火山的附近，我最后终于了解了他们是怎样来建造巨石像的。

这些石像都是沿着山壁雕刻的，有鼻子、嘴巴，好像一个卧佛一样。而旁边，还有一具未完成的石像，只是它的位置稍微低一点而已，也有嘴巴、鼻子和眼睛。原来，他们是沿着山壁阶梯状不规则地进行石头的开采的。

等他们把正面雕刻完了之后，就把石像立起来，再雕它的背面和两侧的耳朵。接着，他们要把石像运送出去。让人感觉奇妙的是：这么远的距离，最远的地方甚至有 19 公里，而且石像这么重（已经运出去的最重的石像有 10 米高，

▲ 未完成的类似卧佛的石像

80 吨重），当时他们是怎么运送的，到现在还是一个谜。

他们就沿着山壁一直建造，每一个石像都有一个不同的雕刻地点。在这里你可以看到非常多还没有完成的石像，它们有的已经雕刻了一半，却不知为什么没有继续雕刻下去。其中，有一个长达 21 米还没有完成

▲ 21 米长的巨石像

的巨石像，它沿着山壁建造，建造完成会有 100 多吨，而至于到底要怎么运送，也一样不得而知。在它周边，还有一尊尊完成一半或者刚刚完成的石像，它们都竖立在这个最高海拔才 560 米的山丘上。这的确是一个有趣的文明谜题。

第一次独自骑马

当时，那位原住民妇女非常热心，一直拿着摄影机帮我拍摄。谁也没想到结束了采石场的拍摄之后，发生了一段意外的小插曲。由于我的粗心，在换电池的时候没有把换下来的电池放到包里，结果就在骑着马的摇晃当中弄丢了。等回到她家时，我才发现电池不见了，而明天就没有可以应付我大量拍摄所需的电力了。她告诉我可以自己骑着马回去找。

▲ 我独自骑马畅游在山谷中

那是我第一次独自骑马，何况还要走那么远到山谷里去。当然，这也是我最棒的一次骑马经验。那匹马真的很乖，它带着我穿梭在红色火山岩所做的"帽子"中间。不晓得这些半成品为什么都遗留在这里，而人们却忽然消失了。

　　走到一个山坡上时，已经是傍晚了，映着晚霞，我跳下马，把摄影机脚架放得远远的，然后就自己坐在地上，我看着那些神奇的摩艾石像——其实它们也在看着我。这好像是在进行一场穿越千古的对话，那种心里的感动，带给我莫名的快乐。

　　我想，对于一个行者来说，孤独旅行在异乡，又能够得到当地民众的协助，真是莫大的荣幸。是的，我很满足，也很感激他们，因为这次我怀抱着现代的温暖人情，一步一步地贴近探索了古老神秘的文明。

21 / 天堂里的村庄

这里有能歌善舞的人民，这里有神秘的原始部落。100 个人眼里就会有 100 非洲。带着对这片神秘大陆的好奇和向往，我来到了非洲。我会深入非洲的村落，寻访神秘的原始部落，探寻最原生态的生活方式，告诉大家一个不一样的非洲。

脱离了都市的喧嚣，一踏上非洲的大地，我就喜欢上了这里。虽然交通不便，跟其他地方的旅行相比，也会更加辛苦，但是这片黑色的土地却让我感到非常亲切，这里的单纯和质朴也是最吸引我的地方。

在非洲旅行的途中，常常经过一些小村子，你总会看到有人会隔着车窗向你卖芒果。另外，他们还会卖一些我没见过的东西，好像是树枝。后来我问导游，才知道那原来是用来刷牙的，叫做"齿木"，是一种天然的植物。

▲ 刷牙用的奇特植物

其实，当地人对外界也非常地好奇，一旦我们停下车，就会有人扒着车玻璃往里看。我们在路途上遇到的这些民众，大多从部落迁到了市镇的周围，他们正演绎着另外一种城乡过渡中的生活形态。

当然，我最想探索的是非洲那种最有生命力、最真实的多元面貌，更何况我也希望有机会能够去参与、去感动，跟他们做更多的交流。

初探埃塞俄比亚小村庄

告别了这些民众，越野车继续往东非埃塞俄比亚的乡村地带行进。经过一个小村庄时，我打算进村去看看。这里的村庄还实行着古老的族长制，村民们正在村前的大树下开会，原来村里的大小事他们都是以这样的方式来决定的。

▲ 正躺在地上睡觉的小女孩

其实在非洲，你随便停在一个小村子里，都会觉得那里很安详。我们走进这个村子里面，发现在悠闲的午后，一个小女孩就平静地睡在树边，好像整个世界都安详自在地停顿在那里一样。

在过度忙碌的都市工业社会生活久了，偶尔看到这样的景象，可以很好地平衡你的内心。在整个旅途过程里面，我对非洲的认识就是通过这样的画面而一步步加深的。

继续往村里走，我听到了一段非常奇特的旋律，它跟我在非洲其他地方听到的都不一样。我看到一个老妈妈坐在那里，身前有一个很大的皮鼓。后来我才知道这位五十几岁的老妈妈是村子里面最受人敬重的祭司长老。

我看到一个小孩在吻她的肚皮。

"亲吻代表什么？"我问村民。

"是祝福的意思。"村民回答。

原来，肚子象征着生命的孕育和一个族群的繁衍。亲身体验这种文化，真的让我非常震撼和感动。

老妈妈脸上还有刺青。

"妈妈你真漂亮。"我说。

后来我也很自然地加入，拿起了旁边的另外一个皮鼓，跟她一起拍打。

那种慵懒而舒缓的节奏真是与众不同，跟我们印象里非洲快节奏的律动一点儿都不一样。后来我才了解，原来她是通过鼓声在跟祖先讲话。当农忙结束之后，女祭司长老会告诉祖先今年收成的情形、发生了些什么大事，以及今年又有几个人死去、几个婴儿出生。

▲ 跟老妈妈一起打鼓

▲ 我亲了一下老妈妈的肚皮

接着，我询问老妈妈，可不可以也让我亲一下。她非常开心地同意了，露出了自己的肚皮。

我非常真诚地亲了一下。当然，她

肚皮上咸咸的滋味我至今还记得。

我觉得，这是一次非常难忘的经历。因为当老妈妈的肚皮与我的嘴唇接触的那一瞬间，我已经完全象征性地和他们千百年的生命树根叶相连：我不但衔接到横跨古今的民族血脉，成为这东非家族的一员，甚至还可以参加他们的村民大会了。

跟当地人学烙饼

经过了刚才的互动之后，他们其实已经完全把我当做自己村子的村民了。这个是一个很难得的机会，因为我现在还可以随便走进每一个家庭的舍房里面，就像在自己屋内的房间穿梭游移。

夏日的午后，配合着舒缓的鼓声，我行走在这个宁静的非洲小村

▲ 我的美味午餐

庄里。不久，我意外地发现了一个小餐馆。到了非洲，不能不尝尝当地的特色美食。一盘咖喱调味的土豆，配上一种当地特色的大饼，就是一顿诱人的佳肴。土豆再加上大蒜，味道很好。

这种薄薄的大饼引起了我的兴趣。厨师告诉我，这种苔麸做的大饼是埃塞俄比亚的传统主食，几乎每家每户都会做。我决定吃完饭就去学习这种饼的做法，但是看似简单的大饼做起来可不那么容易。

我来到人家的厨房里面。他们晚上刚好有一个庆典，我看到有一个妇女正在那里做饼。如果在中国北方，这应该叫"烙饼"。

这个饼的做法是，把苔麸磨成的面粉和好之后，用勺子盛着，然后在一个平底锅上面绕着圈浇。

在我拍摄的过程当中，他们已经把我当成自家人了。于是我放开胆子，跟她比画着说我可不可以试试看。说着说着，我就把她的勺子拿过来，也绕一绕。不绕不知道，勺子其实挺沉的，以至于我弄的饼歪歪扭扭的。看到我失败了，旁边

▲ 我试着烙饼

的人笑得非常开心。那位妇女赶快来帮我这儿补补那儿贴贴，让那张饼还可以继续烙。

烙好之后，他们用一种类似竹篾的小铲子，小心翼翼地把饼从热锅上铲下来，以防被烫到。不一会儿我发现身边的村民越围越多，他们七嘴八舌地议论着，很好奇这个笨孩子怎么连他们每个人都非常熟悉的饼都不会做。

可是，这个对他们而言最简单的活儿，对我来讲却是那么难。这时，我的笨拙给予了他们一种自豪和被信任依靠的感觉。所以我发现，在互动过程中，虽然我又傻又笨，什么都不会，但这反倒让他们更喜欢我。

在独自行走世界的旅途中，如果你非常谦虚，愿意去学习尊重和接受不同的文化，接触他们的民俗形态，他们便会倾囊以授，一起来

帮你。

就在这样的互动中，我又交到了很多朋友。

从厨房里走出来，我发现当地生活的点点滴滴都很吸引我。当然，对于当地民众来讲，我也很吸引他们，因为我长得不一样，又这么有探索学习的好奇心，这么喜欢融入他们的生活中。

跟当地人学纺织

他们也把纺织工具拿到我的面前。那些妇女们一只手拿着一个纺锤，另外一只手一直在卷，很快就弄出了一坨棉线。

我继续往村子里走，发现了一个更特别的场景：有人在那里做更

▲ 当地妇女在缠棉线

大规模的纺织，并且是由一个男人在进行。他在地上插了一些木桩，在绕着木桩走动的时候，每一次转动都不能出错，要非常细心。在其他民族那里，我还没见过这种纺织卷线的方式。

在拍摄纺织的过程中，我注意到他有一个非常可爱的三岁小女儿，可是她看到我就哭、就跑开。这个小女孩的大哭让我有些手足无措，大概这是我这趟非洲之行遇到的最不合作的拍摄对象了。

她在前面边哭边跑，回头看看，又继续跑、继续哭，最后终于抓

到了她爸爸的裤管，仿佛找到了保护伞，才不哭不闹了。在这个过程中，村民们都笑得很开心。

看那个男人纺织了半天，我也跃跃欲试，要亲自去体验一把。

他们纺织时用的工具叫做"娜塔拉"，要转动它，就一定要非常细心，而且手劲要十分平稳。你不仅手要转动，脚也要注意踏的步伐。尤其是在变换转身的时候，更得非常注意，脚下好像布着一个错综复

▲ 我也帮着那位老哥纺织

杂的八卦阵一样。那个时候，我真怕自己一脚踩下去把人家前面做的线全给踩坏了。那样，我可能到现在还在那儿做长工不能回来呢！

在体验纺织的过程中，我听到屋子后面好像有纺织机的声音。这规律的声音自然把我吸引到他们房子后面。原来，刚才我手上拿到的那一捆棉线只是一个最初级的制品而已。眼前这个非常乡土的纺织机，完全是他们自己做的，脚下还有可以踩的踏板，好让编织的纺线能够呈现高低的变换以便穿织。

> **→ 知识点 ←**
>
> 织布是一项高难度的技术活，如果手脚配合不协调或抛梭用力不恰当，不仅会将木梭抛落到地上，还会戳断经纱。

虽然难度很大，但是我仍打算尝试一把。

▲ 我也学着纺织

所以我也坐下来，坐到那个小兄弟的旁边，然后开始试着去丢纺锤。纺锤要丢得又平又稳，要直直地穿过去。有几次，我就紧张地从中间将纺锤错丢了出去。那名满脸堆着笑的小兄弟总是细心地教我：什么时候要把线整好，什么时候要开始丢纺锤把线拉过去。他们身上穿的布料就是在这一穿一梭之中完成的。

像这样的体验过程，我们在平常的生活中是没有机会接触的，而旅行却给了我学习和体验的机会。

这些他们司空见惯或者习以为常的事情，竟然可以让一个外地人这么好奇和喜欢，这对于他们来讲，也是一次以全新的心情和角度回头看看自己文化的机会。

跟当地人学收割庄稼

告别了这群热情可爱的村民，我继续寻找我的下一个乡村发现。不久，另外一个有趣的现象吸引了我。

经过附近的村子，我很好奇一件事情，那就是为什么在田地旁会架起一个临时的木架子。有时候看到他们甩着一根长长的绳子，我会想他们在干什么呢？这又引起了我的好奇心，所以我就特别拜托他们可不可以让我也爬上去看看。

于是，他们就带着我去爬那个楼梯。这个楼梯很不一样，其实就是一根木头，只是他们用刀砍了几下，我们的脚可以勉强踏上去。那个背着小娃娃的妇女竟然轻易地先爬了上去，而我却费了九牛二虎之力。

▲ 背着娃娃的妇女也爬了上来

爬上去之后，我看到了一大片丰收的景象。原来，在庄稼成熟的时候，因为会有鸟过来偷吃谷子，所以他们就会有这个传统习俗：只要一看到有鸟过来，就把石头用绳子缠住，然后甩出去打鸟。我试着甩了几下，还真不太容易，因为我不晓得什么时候要松手，什么时候要使劲儿。

身边的一个小男孩非常热情，他示范给我看。他将石头夹在绳子前面，然后很精准地甩了出去。在传统文化的熏陶下，村子里的每一个妇女和小孩甩石头的技术都非常娴熟。

我看到，在那一大片结穗的庄稼里面，有人已经开始收割了。他们收割的正是苔麸——这是做埃塞俄比亚那种传统烙饼的原料。

我看那个农夫在收割，而他

▲ 烙饼的原料——苔麸

也看到了我。我走过去，一看四下无人，除了这个农夫之外，没有其他的大人可以帮我拿摄像机。最后，我看到他旁边有个小女孩，我就问农夫说可不可以请他的女儿过来，帮我拍张照。小女孩来到我旁边，我把摄像机交到她手里，跟她简单演示了下操作，就跑到农夫那里。而那个农夫也很细心地告诉我该怎么样来收割庄稼。

一开始的时候，我只知道用蛮力，费力气不说，效率还不高。其实，收割的时候，镰刀要有一定的角度。慢慢地，我找到了力道和角度的平衡点，收割就变得非常容易了。也就是说，我很快就学会了当地传统的收割方式。这太让人高兴了！

更有趣的是，这个农夫还拿起了农作物跟我表示可以生吃，我也尝了尝，其实味道还是不错的，真的可以生吃。当然，我最要感谢的就是我的小摄影师。

在旅行的过程中，我的纪实影片的拍摄方法都比较特别，它们是跟全世界的人民一起来完成的。在这个互动的过程中，他们也会非常快乐，会积极地参与进来，即便是一个小孩，一个老人，或者一个从来没有摸过摄像机的人。

摄像机变成了我们友谊的桥梁，因为我可以拍他们、他们也可以拍我，纪录片成为我与世界各地这些原本陌生的人们的一个共同开心分享完成的作品。

我发现现代人好像越来越不快乐了，虽然生活富裕了，可是人的心灵却越来越空虚。

但当你走进非洲的大地时，哪怕只是像我一样抱起一只小牛，或带着一群当地儿童当起"孩子王"这样，就能体会到一种简单的快乐、甜甜的幸福。

在非洲，你可以坦率舒心地去体会每一处自然与人文的美好。

▲ 我抱起一只小牛，当地孩子们更爱我

22 / 我是大明星

次公交车的抛锚引发了一次奇妙的旅行，我也意外地成为了非洲小镇上的"中国明星"。敞开心扉，与其天天张望，不如就此启航；旅途中你会逐渐发现：任何一个与你相遇的人都可能成为你的朋友。

原本我是想省钱搭乘公共汽车去旅行的，因为这样能更深入乡野。没想到事与愿违，公交车半路抛锚了，我全部的计划和行程都乱掉了。

非洲赶市集

我被滞留在附近的一个小村镇里。这里看起来很平常，可没想到我一下车，就有一大群小孩子围了过来。他们看到我的摄像机都非常兴奋。其中有一个小孩子十分害羞，因为他总是被人家欺负；但此刻他发现自己跟我长

▲ 被当地人包围

得很相似，不禁自豪了起来，大家都夸奖他，看到摄像机，他也非常得意。可能明朝郑和船队七次下西洋的时候，就来过这里，现在这里存在少数混血的人种。

在这个偏僻的非洲小镇，人们对于长着东方面孔的我非常好奇，很多人投来了关注的目光，甚至有人以为我是中国来的大明星。

"你是成龙吗？"有人问。

"谁？"我没听清楚。

"成龙。"他们又问了一次。

"他是我堂兄。"我开着玩笑回答。

"堂兄？"

"是的。"

而在街道上，竟然还有驴队，它们担负了很多重物，常常会挡住来往的车子。在非洲旅行时，常常可以遇到各种牲口。我就跟着驴队走啊走，穿过了一条巷子，然后来到了每天中午定期举行的一个市集，附近的民众都会来赶集。这个小市场上卖着各种蔬菜、水果还有一些肉类。

▲ 跟菜摊老板一起聊天

我的到来，竟然让这个空旷的集市热闹了起来。一群非洲小男孩自愿做起了我的向导，热情地向我介绍每一种蔬菜。

有时候，我还特意跑到菜摊前面跟每个老板聊天，跟小孩子们一起玩，还会一起烤玉米。

作为一个陌生人，能在遥远的非洲跟一群当地民众如此互动，这真是一个奇妙的机缘。

当然在这个过程里面，我张大自己的眼睛，看看这个小市集里有没有一些稀奇的东西。一眼看去，我发现他们在赶集的时候会顺便来剪头发。我赶快跑过去，看看他们剪头发的方式，发现理发师只是简

▲ 集市上的理发店

单地把他们卷曲的头发剪短，不必设计什么造型。这个我也会，于是我主动上去帮着给一个小孩剪，他竟然一点也不怕我剪坏了他的"三千烦恼丝"。

当地的民众就这么一直陪着我、围着我，他们都把我当做一个大明星。大家都非常开心。

骑驴子

我恨不得能长出三头六臂，把所有新鲜好玩的事情都尝试一遍。我一会儿练摊推货，一会儿驾驶马车，一会儿又骑在了驴背上。结果没想到，我们把一位驴夫给惹火了。事情的经过是这样的：我发现驴队就在前面，便跑过去，想继续骑骑驴子玩，可那些小孩过于热心了，他们在前面帮牵着驴子，结果驴夫就不高兴了。当他正要发脾气骂人、

▲ 骑驴子   ▲ 驴夫转怒为喜

拿鞭子打人的时候，我赶紧把在前面帮我拍摄的小孩手中的摄像机拿了过来："给你看，朋友。"

"非常好，非常好。"他突然转怒为喜，那个瞬间变化的表情真是太有趣了。接着，他竟然是笑着把自己的驴子给拉走的。

这些点点滴滴的画面，就像一段段的小花絮。在每一个行者的旅行途中，往往都在不断累积丰富着我们的记忆。

搬运玉米和香蕉

在市集的另外一个角落，我发现好多妇女们正在卖玉米。玉米有一大堆，而且有很多人在搬运。当然我也跑过去，跟大家一起搬运玉米。在这个过程中，她们对我这个远方的访客非常好奇，看我工作得

▲ 我在卖力地搬运玉米

这么卖力，还帮我头上也戴上了一顶大草帽。这真的是非常有趣，给我留下了美好的回忆。

我发现，这些玉米原来不止是用来在市场上贩卖。旁边有一个小型的家庭加工厂，有一个小孩在机器上把这些谷物往里面倒，机器就开始搅拌，把它们磨碎。走到外面，我发现有的妇女在用大大的饼干铁罐——上面打了几个洞，像一个筛子一样——把一些杂质过滤掉，我也赶紧参与到其中。

在我参与他们劳动的过程中，当地的民众其实是很开心的。千万不要以为你到那里就会麻烦别人、打扰别人，事实上这样的互动往往正是双方友谊交流的建立过程。

▲ 我也尝试筛掉杂质

随后我发现有人在搬运另外一种货品，这次搬运的是香蕉。我也加入了这个行列。香蕉青青绿绿的，被人一个一个地传过去。大家可能不了解，香蕉是不能熟了才采摘的，如果熟了才采摘，香蕉可能还没到市场就烂掉了。因此，香蕉一般都是在半生的时候采摘，然后在运输和销售的过程中熟透。因此，我们现在搬运

▲ 青青绿绿的香蕉

的香蕉一定要是生的。

在搬的过程中，因为语言不通，我跟大家唯一的交流就是功夫和舞蹈。他们一看到我，就会很兴奋地跟我比手画脚，还和我打起了功夫来。这时，有人开始跳舞，他跳的正是埃塞俄比亚的抖肩舞，我也跟他一起跳。在整个儿非洲，每个人都相当能歌善舞。因此，如果你懂得用音乐和舞蹈来跟他们交流的话，那真的到处都是朋友、遍地都是你家。

一路走来，我收获了无数的欢笑，自己真成了这个集市上的"大明星"。几乎可以说只要我随意出现在任何地方，立刻像方才小驴夫表情的转换一样，周遭的人群都瞬间被欢笑和喜悦点亮，我居然能够像个他们熟悉的"大明星"一样，带给这些生命中突然相遇并产生交集的人们无比的快乐。

而我也无法言喻地快乐开怀。

穿蜂衣

告别了热闹的集市，我继续在小镇周围寻找下一个新发现。很快，我就被一个奇怪的现象吸引住了：很多树上都挂着椭圆形的篓子，这些东西是用来做什么的呢？

当地的民众跟我比手画脚一番，我才知道原来那是当地民众自

▲ 养蜜蜂用的篓子

己制作的蜂窝。

　　最特别的是，他们将不太好闻的牛粪糊在蜂窝外面，然后将蜂巢挂在树上，蜜蜂们就会自己跑到里面去筑巢，然后开始到处采蜂蜜。很神奇的事在三个月之后，这些聪明的农夫会爬到树上面，用烟熏的方式把这些蜜蜂给赶跑，然后他们就可以享用里面香甜的蜂蜜了。

> **→ 知识点 ←**
>
> 采集蜂蜜是一项非常冒险的工作。通常有经验的采蜂人都会选择天黑以后采集蜂蜜。他们手脚麻利地爬上树以后，就要开始最危险的操作，那就是冒着被愤怒的蜜蜂叮咬的危险去捅蜜蜂窝了。采蜂人要趁蜜蜂被烟熏离蜂巢的时候抓紧时间掏出香甜的蜂蜜。接着，大家就可以享用了。

　　对于这样一段过程，我觉得真是太新鲜了，从来也没有看到过。采集好蜂蜜之后，他们还把蜂巢拿给我看。接着，他们就带我到后面的向日葵花田里面，原来他们要在这个地方考验一个少年的胆识跟勇气，那就是要让蜜蜂成群停到他的身上。当然，喜欢尝试的我也接受了这一个很特别的考验，让成千上万只蜜蜂停在自己的身上，为自己织一件天然的"蜂衣"。

> **→ 知识点 ←**
>
> "穿蜂衣"是一种非常危险的举动，蜜蜂的毒刺里含有一种叫做"蜂毒"的物质，如果被60只以上的蜜蜂同时叮咬就会有生命危险。通常，表演穿蜂衣的都是养蜂人，他们熟悉蜜蜂的习性，长期跟蜜蜂相处，体内也会产生一种蜂毒抗体。

　　对于从来没有如此近距离接触过蜜蜂的我来说，这可是一次巨大的冒险。

那怎样让蜜蜂停到我身上呢？只要利用蜜蜂的特性就可以了。原来，女王蜂身上会产生一种叫做"费洛蒙"的化学物质，它那一蜂巢的蜜蜂只要闻到这一特有的味道，就会跟着走。

果然在我脖子上挂了四只女王蜂之后，蜜蜂就停到了我的身上；它们越来越多了，都慢慢地在我身上由脚到头地爬。

让蜜蜂来帮我织一件衣服，听上去是一件非常浪漫的事情，但总

▲ 我的蜂衣

共有 60000 只蜜蜂在我身上爬，其实非常得痒。我们都必须把裤管给绑起来，不然蜜蜂会钻到裤子里去。蜜蜂有时候也会钻到耳朵里，但是，你必须非常冷静和沉着，如果稍微慌张，打了一只蜜蜂，那只蜜蜂就会散发出一种被攻击的费洛蒙，其他的蜜蜂就会蜂拥而至，一起对你发起疯狂的攻击。

所以，当我穿上这一自然的"蜂衣"时，养蜂人一再告诫我，绝对不能慌张，不能去打这些蜜蜂，即使被咬到、蜇到也一定要忍耐。事实上，我身上总共被蜇了四个地方，可是我忍了下来。后来我听说，其实被蜜蜂蜇还是一种所谓"蜂灸"的治疗病痛的好方法。

经过这个"穿蜂衣"的考验之后，我就能够独享两片蜂巢上的甜美蜂蜜。

"哇，好甜！"我赞叹。

"这是水蜜桃花蜜。"养蜂人说。

所以说，经过一些折磨和考验，定会有所收获的。

"哇，真的是好甜！"我再一次赞叹道。

▲ 两大片蜂蜜

大自然的建筑师

我吃蜂蜜的时候，一抬头却发现原来树上不仅有蜂巢，还有很多鸟巢，很特别。这些鸟巢原来一直在我旁边，只是我没注意到。

> **知识点**
>
> 在非洲，很多动物都是杰出的艺术家，除了会"织衣服"的蜜蜂之外，非洲还有一种叫做"织巢鸟"的小鸟，它们天生就是杰出的建筑大师。与它们娇小的个头相比，它们的鸟巢却很复杂，且硕大无比。

▲ 树上众多的鸟巢

当时，那些可爱的小鸟们正在编织鸟巢。它们从各个地方叼来树叶和芒草，然后用短喙进行编织。特别有趣的是，我发现非洲的鸟巢居然好似独栋双层别墅般拥有两个出口，一个在下面，一个在侧面，小鸟从这边进去，又从那边出来，非常忙碌，一直在不断地编织。织好后，它们就开始准备交配和生蛋了。

看到这样的画面，我觉得这些小鸟就是大自然最好的建筑师了。但我低头往草地上一看，才发现原来蚂蚁也是很好的建筑师，它们建起了高高大大的蚁窝。

我再一转头往村子里看，发现非洲人民也是大自然最佳的建筑师。他们先用一根根木条筑起一个半圆形的房屋结构，然后把草原上取之不尽、用之不竭的芒草晒干后一捆一捆地放在周围当墙壁，一体成型。更有趣的是，他们在一片片的竹板后面还钻了一个洞，然后把泡过水的麻绳穿过去，最后再将这一串竹板放在屋顶上，既可以防风，又可以防雨，还可以防虫。他们实在不愧为是大自然的建筑师。

▲ 巨大的蚁窝

▲ 当地人在建造房子

当地的非洲人民，看似简单平凡，却又相当不平凡；在他们身上，有值得每一个旅行者去了解和学习的地方。和他们一起互动的点点滴滴，成为我一生的宝贵回忆。

品尝美酒

这神奇的房子，里面是什么样子呢？我爬进了一家人的房子里。房子完全没有窗子，即使在白天，里面也是非常漆黑的。

适应了里面的黑暗之后，我发现屋里有一把椅子，而在另一边，主人正在煮饭。他们在房子的角落里搭起了一个小小的灶，上面放着一个锅子。我打开锅盖看了一看，里面是一些玉米做成的食物。

当然，当地的民众已经习惯我东跑西瞧，又爱串门的特点，都对我这个远方的访客非常熟悉了。不一会儿，有一个女孩拿着她们家酿的一大壶酒过来给我喝。当然了，大家都担心卫生问题，可是你说别人这一番盛情，我怎么能拒绝呢？所以，我就喝了一口。我发现，与其说这是酒，不如说就是打碎的谷物；他们只是让它稍微发酵了一下，有一股很腥膻的味道。

▲ 喝当地人酿的酒

可是我看到坐在旁边的村民都喝得很开心，于是就跟他们一一敬酒。后来我算了一下，自己一共喝了 15 口。喝了半天后，自己却不知道这酒在陶罐里面到底是什么样子。我很好奇，于是凑近了一看。哇！可把我吓了一跳：里面不但黑

▲ 恐怖的酒坛

黑浊浊的，而且还冒着泡（因为正在发酵）。那个时候，我心里一寒，心想会不会拉肚子？结果还好，完全没事。

第二天，我就是这样带着他们这一份人情和美酒继续上路的。刹那间，我心里觉得自己好像唐朝的玄奘，竟能放下盛情挽留的西域高昌古国，只取了水便继续踏上了西天取经之路。

23 / 部落相亲大会

非洲是一个巨大的民俗博物馆，不少部落仍旧延续着千百年来原始的生活方式，沿袭着他们独特的传统文化。接下来我继续深入非洲内陆，寻找传说中的大嘴族和贝纳族。

穆尔西族的大嘴文化

在埃塞俄比亚的奥莫河谷（Omo River），生活着一个非常传统的部落——穆尔西族，也就是传说中的"大嘴族"。

先来了解一下大嘴族的民俗文化背景吧！

事实上，这里的女孩大概在 10 岁时，就要进行一个类似成年礼的仪式，不过别的地方的成年礼可没这么惨烈：他们会把少女的下嘴唇用锋利的刀切开，然后慢慢地将其拉长。开始时，少女要先在下嘴唇里套一个比较小的木盘或者陶盘，慢慢地让下嘴唇跟脸部分离，再放进大的盘子。在这里，盘子越大，表示少女越漂亮，也就会有越多的男士来追求。

听向导说，大嘴族人对外界非常防备，我很担心语言不通会引起
大嘴族人对自己的敌意。

要进入这个地区，需要走非常远的路。在跋涉的过程中，我们还
没有看到村落呢，就已经有一些穆尔西族的族人围过来，挡住我们的
去路。

大家可能很难想象，因为这个地区盗匪猖獗，再加上地理位置非
常偏远，他们不得不自己武装起来保卫家乡。因此，我们的车子要经
过这里时，就被他们给拦下了。

我的司机和向导跟他们解释了一番，他们了解了我们此行的意图
后，竟然主动跟我握手。我也给他们看看摄影机里面的画面，他们都
充满了好奇。我们的车子开走之后，我看到一个小男孩居然还在后面
追着跑呢！

我们的车子慢慢往前开，一直开到无法再行进的地方。我看到，
大嘴族的族人就聚在村子旁边。接下来，让我非常难忘的大嘴族之旅
开始了。

还没下车我就发现，车顶上已经多了几位不速之客。原来，好奇
的族人已经不知不觉地爬上了车顶。

走进村子里面，他们也把我打扮成他们勇士的样子。其中一位勇士一边用嘴巴叼着我的名片，一边帮我绑头巾。

"阿恰里。"

"阿恰里。"

我们相互问候着，"阿恰里"是穆尔西人的问候语。

走在村落里面，我好像在看一本非常鲜活的民族志。他们将大自然中的各种东西，如动物的骨骼、贝壳等，都变成了头饰、颈饰等装饰品，男男女女每个人都自信而美丽。

在研究民俗美学的时候，一般有四大项是重点考察的，其中就包括彩绘和纹身。

这里的彩绘真是很有特色，小女孩会在脸上画红色的斑点，而勇士们身上的纹身，可不是用刺青的方式形成有颜色的图案，而是用一种很特别的"挑"的方式，让皮肤感染之后如蟹足肿般隆起，变成了一个立体的图案，好像将图腾雕塑在了人身上。这种浮雕式的纹身，也是一种非常独特的传统。

▲ 大嘴族人的彩绘和特殊纹身

　　来到这个部落，最重要的是要近距离接触一下他们的"大嘴文化"传统。

　　不论是东非洲的穆尔西人、苏罗马人，还是南美洲的苏亚人，他们都有这种类似的传统：把下嘴唇切开以后，放上陶制的盘子，并认为这是最高尚的美丽。

　　盘子的大小代表女人美丽的程度。当然盘子不但要大，而且还要非常挺。这种戴盘子的传统，在她们的文化里有三种意义：第一是代表女人的美丽；第二是代表女人的身份和地位；第三是代表少女在成年礼之后可以结婚，可以为族群繁衍后代。

▲ 盘子

▲ 一位姑娘以为我要与她结婚

　　接下来，在一段非常有趣的互动过程中，我便完全放空自己，真诚谦卑地体会他们的民族文化；更试着用心灵去倾听他们祖先古老步履轨迹的旋律节奏。

　　因为语言不通，有个女孩一会儿跟我比画手势，一会儿跟我嘟噜嘟噜地讲些什么，可是我完全听不懂。我也学她嘟噜嘟噜地说，结果总是说不对，招来她的一顿又好气又好笑的捶打，让村民跟我们都笑作了一团。后来我才知道，原来她以为我要跟她结婚，以为我要入赘到他们的族群。无形中，大家就这么瞬间拉近了距离，好像变成了一家人。

在这样慢慢地互动与接触之后，他们慢慢了解了我的诚意。最难得是，那个女孩居然愿意把盘子拿下来让我看。她们的盘子就好比过去中国封建社会时期妇女的裹脚布一样，是不可能在一个外地男人面前拿下来随便观看的。我自己一个人深入当地，却能够得到这么多的友谊和信任，这真莫大的荣幸，更让我一直都心存感激。

看完盘子后，我又还给了她。她把嘴唇拉得很长，先套住盘子的一端，然后用舌头慢慢舔另一端，以把盘子顶住，最后再稍作调整，整个盘子就套在她下嘴唇上了。

我注意到：她们不只是把下嘴唇切开来放盘子，就连她们的耳朵都采用这种特别的装饰方法。她们会用类似的方式把耳垂切开，然后将耳洞拉得很大，再往里面放一个木盘或木条。更有趣的是，有的人会把金属套在下耳垂上，让耳朵变得又尖又长，一直拖到下面。这像极了凤蝶翅膀的尾端，非常漂亮，非常别致，也很有创意。

▲ 戴盘子的过程

然后，我跟当地人一起唱歌，一起跳舞。妇女在跳舞的时候，会

▲ 她们的耳朵也有大大的洞

把盘子掏出来拿在手上。你会看到长长的嘴唇挂在脸上，也随着她们的舞蹈上下跳动。大家都笑得十分开心。

当地男子在跳舞的时候，会在膝盖处绑一个铃铛。原来他们也绑所谓的"膝铃"，这和台湾的阿美族一样。跳舞的时候，他们喜欢用脚踩地，而绑上铃铛后，就会呈现很有节奏感的律动。

并且，他们族里的男人竟然是背着 AK47 步枪在跟我跳舞。前面也提到过，这是因为当地在一个"天高皇帝远"的地方，村子里的人必须自己拿着枪来保卫家乡。同样的，他们也是在保卫他们悠久而传统的"大嘴文化"。

贝纳族的相亲大会

在世界各地旅行的过程中，我们常常会因为旅途的劳顿、辛苦而感觉到身心疲惫，有的时候情绪也会有起伏，有的时候也难免会想家。总之，随时随处可能会出现太多不确定的因素。可是，旅行之所以有趣，之所以美，就是因为这些"不确定性"，它们会带给我们许多意外的惊喜。

▲ 我和贝纳族人

告别了大嘴族之后，我进入肯尼亚境内，来到了贝纳族生活的地方。贝纳族、马赛族等几个民族，都是当地非常古老的游牧民族。

走到这个部落里面，首先吸引我的是一群盛装打扮的青年男女。他们的头发和饰品都很漂亮，尤其是他们的皮肤黝黑黝黑的，映着阳光，黑里透着亮，看起来特别健康，特别有神采。那些男青年们站成一排，让我有眼前一亮的感觉；而那些少女们也都把自己最漂亮的衣服穿出来了，有的还在身前围了一块兽皮。我看到，她们也通过各种精巧的项链和头饰来表现自己民族的美。有的少女在脸上刺了青，有的少女则在头上戴着木梳或羽毛。她们的头发是卷曲的，所以羽毛、木梳这类装饰品就能轻易地插上去，不像我们东方人的头发，插上去会掉下来。总之，她们懂得用不同的方式来装扮自己，真是目不暇接、美不胜收。

▲ 贝纳族头饰

他们也开始帮我装扮，装扮以后我就跟他们一起唱歌跳舞。我发现他们的弹跳力真的是非常好。

在跳舞期间，还发生了一件有趣的事。他们一边跳舞，一边跟我来比手画脚的，因为语言不通，我也不知道他们到底要跟我说什么。导游告诉我，原来他们在问我："你到底是 14 岁还是 17 岁呢？"

我很惊讶，我有这么小吗？

后来我才得知，我竟然误闯了非洲贝纳族一年一度的 14 岁到 17 岁少男少女"非诚勿扰"的"相亲大会"。

这真是一次意外惊喜，也是一次奇特的经历。

→ **知识点** ←

在贝纳族的传统里面，14岁到17岁的少男少女是最适合结婚的年龄。
他们会在一个特别的日子里，让附近的少男少女们聚集在一起，举行相
亲大会。

这些青年男女在跳舞的时候，都在互相尽情表达着爱意。我跟其
中一个少女联谊着，也学着她让头左摇右摆。这个过程，其实就是在
互相问候，互相表达好感和情谊。

这里的少女们会在小手臂上套很多铜环。在舞蹈的过程中，她们
会让这些铜环互相摩擦，发出非常清脆的声响，以表示对对方的好感
和友善。如果她爱你的话，少女也会大方地与你手上的铜环进一步地
摩擦。虽然我穷到连一个铜环都没有，但是一名少女却一点儿也不嫌
弃我，依然对我深情款款。

大家就那么唱着歌、跳着舞，将气氛慢慢烘托到了最高点。在整
个过程中，我逐渐理解发现，贝纳族最传统的相亲大会一共分为了三
个阶段：

第一个阶段就是要学羚羊跳。非
洲的羚羊非常灵活，奔跑的时候充满
了活力。在这一阶段，男士就要像羚
羊一样蹦来蹦去，以表现自己的活
力、体力和男性健美旺盛又澎湃的精
力。而少女们则在旁边站成左右两排

▲ 学羚羊跳

盯着男士们跳跃的身影，以判断他们是否有旺盛而充沛的力量值得托付终身，是否正是自己真命天子般的如意郎君。

学羚羊跳之后，第二个阶段开始，少男们要在这个阶段主动来选择自己心仪的少女。我发现，他们真是向大自然学习的天才，而非洲大地上的野生动物，就是他们的舞蹈老师。在这一阶段，男士们要学鸵鸟，将自己的左手像鸵鸟的翅膀一样搭在心仪少女的肩膀上，然后对她表达爱意。

▲ 学鸵鸟

其间，我还闹了一个笑话。因为我看这群可爱的黑人朋友好像都长得差不多，第一次跑上去对一个少女表达了好感之后，我回头就忘了她是哪一个。乍看之下实在都长得一样啊！然后第二次跑上去时，我就犹豫了，到底是哪一个？可是，相亲大会的节奏很快，我顾不了那么多，又赶快挑了一个。而我第一次表达过好感的那个少女，脸上的表情实在有一点尴尬。还好，别的青年赶快补了上去。

经过第二个阶段，少男少女们都彼此了解得差不多了，第三个阶段就开始了。

在这个阶段，他们要学的是斑马——斑马又变成他们的舞蹈老师了。斑马在求偶的时候会不断地奔跑，由公斑马追逐母斑马，并用身体去触碰母斑马。如果母斑马接受，就不会闪躲，也不会用后腿蹬它，而会让公斑马触碰到自己的身体。

　　当然，少男去追逐少女时，要先用眼神征求少女的许可。如果我看你，你却不理我，就表示你对我没有意思，少男就不会擅自学斑马对少女进行追逐以表达爱意。

　　另外，他们有一个不成文的规矩，那就是一个男孩只能追一个女孩，可是我不知道，连追了六七个女孩。大家也都笑得很开心，因为他们知道我不是故意的，而是因为实在不懂。

　　就在这个特别的相亲大会当中，我竟然不知不觉地跟这群 14 岁到 17 岁的非洲贝纳族少男少女们度过了人生中难忘的一天。当然，他们也不会忘记这一天，因为在这一天，他们找到了人生的伴侣；因为在这一天，忽然来了一位奇特的远方访客，一起加入到他们的活动中来。

24 / 沙漠深处的布希曼

这些神秘的岩画来自南非卡拉哈里沙漠中一个不知名的洞穴。据考证，这些古老的岩画距今已有 7000 年的历史。数千年来，布希曼人的祖先就是通过这样的方式向后人讲述他们的历史。

现代科学显示，布希曼人拥有人类最早的基因图谱，是世界上现存最古老的民族之一。带着对布希曼人的想象与好奇，我来到了南非的卡拉哈里沙漠，寻访这个世界上最古老的民族。

▲ 古老的岩画

或许大家都看过一部电影——《上帝也疯狂》。在这部电影里面，那位叫历苏的主角，就是一个典型的布希曼人。他可以听到远方各种动物奔跑的声音，可以知道要找的那个鸵鸟蛋在什么地方，可以辨别要来攻击他的野狼在什么位置。之前在看电影时候，我觉得这应该都是假的吧？可是等深入到他们的部落，我才发现那都是真实的。在干旱的卡拉哈里沙漠里，布希曼人就是如此与自然融为一体，世世代代地生活着。

> **→ 知识点 ←**
>
> 在干旱的荒漠中，寻找水源是生存的关键，而布希曼人有着神奇的寻找水源的技巧。傍晚时，他们将树叶放到空地上，第二天凌晨便可搜集到宝贵的露水。而沙漠中一种块状的根茎，也是最受他们欢迎的宝贝。用利器刮下其表皮后，再用手用力挤压，即可得到大量的汁液。

布希曼人的岩石画

在向非洲南部行进的过程中，一望无际的莽原渐渐变成了干旱的沙漠——卡拉哈里沙漠。它刚好和北边的撒哈拉沙漠遥相呼应，都是极度干燥的地方，生活条件非常恶劣。而这里，就是布希曼人的故乡。

> **→ 知识点 ←**
>
> 数万年前，布希曼人就开始在这片荒漠中生存，至今依旧保留着古老的生活方式。但让布希曼人名扬世界的还是他们的祖先在岩壁上留下的神秘壁画。至今人们仍不知道，在几千年前，食不果腹的布希曼人祖先，为什么要在岩壁上留下这些讯息。让人们感到遗憾的是，布希曼人的这种作画传统不知为何于近代突然中断了。

进入到布希曼人生活过的一个很古老的石窟区，我准备看看两三千年前他们的祖先在岩壁上所作的各种特别的原始绘画。

布希曼人祖先画的岩石画反映的是当时人们打猎、生活的情景。很奇妙的是，这些岩石画事实上是一个叠一个的，有的甚至隔了好几百年。

　　画中的人物都没有手和脚，特别是女人，身体的曲线非常特别，
极尽突显臀部美。其中有一个拿着
法器的人，那便是当时的巫师。

　　在画中，布希曼人的祖先喜
欢将人与兽和昆虫的身体结合在一
起。我见画中一个人有着牛一样的
蹄子，而另一个人的头，竟然是
螳螂。

▲ 布希曼人的祖先留下的岩石画

　　另外一幅画，展现的好像是一种宗教的仪式。只见那个人蹲着，
鼻子里流着血。这其实是一种特别的图腾，是希望在打猎的时候，能
够有更好的收获。

> **→ 知识点 ←**
>
> 由于没有文字，岩画成了布希曼人交流的重要途径。他们用矿物颜料、
> 石灰、水和动物油调成涂料，因此画出的岩画不仅精致，而且历经千年
> 不褪色，为我们展现了一部布希曼人真实生动的生活历史长卷。

　　布希曼人两万年前就住在这里，旁边有一些他们生火的痕迹，附
近也还有一些剩下的柴火。这个天然的岩石洞穴可以躲雨，可以生火，
墙壁上还可以绘画。另外，他们还把石头磨尖后当做箭头使用。更奇
怪的是，布希曼人生活过的地方，总能发现一种最原始的天然棉。

布希曼人的简单生活

当然，布希曼人后来离开了祖先生活的冰冷石洞，住到了附近的保护区里。我此次南非之行的主要目的，便是在保护区中找到他们的身影。尽管我已经做好了充足的心理准备，但仍被布希曼人简单的生活所震惊。

布希曼人没有华丽的服装，只是用兽皮简单地围在私处，其他的地方则佩戴一些用鸵鸟蛋壳等磨制而成的装饰品。

在这个沙漠里面，他们靠着打猎和采集，过着非常特别的原始生活。看到这一切，我好像感觉回到了人类起源的那个时代。

▲ 布希曼人悠闲地坐在草棚旁边

▲ 布希曼人在制作石头工艺品

在研究考古人类学和做田野调查的时候，我发现布希曼人跟我们现代人的差距最大，其生活也是最原始的。他们的生活十分简单，仍处于原始社会阶段。他们只是简单地搭一个干草尖棚，就当做了睡觉的地方。

大家都坐在一片草坪前面，有的在磨箭头，有的在做石头工艺品。我发现，不论是做什么事情，过什么样的生活，他们都能用最简单的方式达到最大的效能，这点倒是值得我们现代文明人借鉴和思考。我们现在拥有那么多便利的设备，可是我们的欲望似乎更难以得到满足。但是他们就在这样的沙漠里面，用最单纯的生活方式，却世世代代安居乐业。

在感叹布希曼人生活简单质朴的同时，我也注意到他们与其他非洲人有着明显的区别。

> **知识点**
>
> 布希曼人颧骨凸起，头发浓密而卷曲，即使成年男性的身高也仅在1.5米左右。尤其与众不同的是，他们脊椎骨的下部弯曲并向外突出，因而臀部显得特别大，形成一种特殊的"肥臀"。

我记得以前在学体质人类学，探讨各种不同人种的时候，会特别提到布希曼人，因为他们的头特别小，脑容量也非常小，非常地接近原始人的形态。他们虽然脑容量相当小，可是对于大自然的感应却非常灵活。这应该透露着某些我们也许原来也有，现在却早已渐渐退化的本能。

▲ 布希曼人的身体特征

我的非洲动物朋友

布希曼人性情温和，以热爱动物著称，即使因为生存不得已要猎杀动物，猎人也会为捕杀的动物祈祷，表示歉意。千百年来，他们和

▲ 狐獴

▲ 我和小朋友跟狐獴一起玩耍

许多动物和平共处。在布希曼人聚居区，我就认识了一位动物朋友：狐獴。

在非洲旅行最有趣的是，你能够看到很多动物。这其中有一种动物叫做狐獴，它们会群居在一起，瞪着大大的眼睛站起身子，互相守望，彼此监督。没想到的是，这种群聚的小动物居然被布希曼人驯养成为他们可爱的小宠物，就跟我们养的狗、猫一样。这种非常贴心的小宠物，会在我们的身旁边跑来跑去，跟着大家一块玩。

让我来看看其中一只狐獴是怎么样找东西吃的。

"你找到什么了？你有没有找到什么？"

"你吃了什么东西？"

"蝎子！"

"你又吃到了什么东西？"

"小甲虫！"

"啊，这都是蚂蚁。"原来狐獴不怕蚂蚁，但是布希曼的小孩会怕。

在和狐獴玩耍的时候，我不只和它做了朋友，也和布希曼人的小孩们成了朋友。

在这一次南非之行中，我和动物结下了不解之缘。告别了布希曼人后，我来到了南非最大的克鲁格野生动物保护区。南非是野生动物的天堂，保护区里的各种珍禽异兽让人大饱眼福，很多动物我甚至都叫不出名字。

眼前这只长相奇特的小动物，就让我非常好奇。

这是什么动物呢？是鳄鱼吗？不是。是蜥蜴吗？也不是。它是什么呢？突然，它跳到我的脸上——我没想到它还有这一招。原来，它是一只不折不扣的壁虎（又称守宫）。

▲ 长相奇特的小壁虎

壁虎的脚不是爪子，而是吸盘，所以它可以自由地爬行在或平滑或粗糙的墙壁上面。这只壁虎的眼睛好像是一个由棕色和黄色组合而成的复杂的调色盘。特别是它的尾巴呈扁平状，所以当它跳跃的时候，居然能够出现滑翔飞行的效果。当然，它就是一飞一跳地跑到了我的脸上。

制作鳄鱼标本

非洲的民族和动物都十分的奇特，现在我就一步一步地带领大家去探索。

在非洲这片大地上，有非常多的大型野生动物，而且都是非洲独有的。过河的时候，我发现了非洲特有的大象，它的耳朵跟印度象的不太一样，比较大，比较宽。象群也开始过河了，它们大象牵着小象，慢慢地过河。我发现，大象竟然也是个游泳高手。

接着，我们往更深的河渠走，遇到了更有趣的动物，那就是河马。河马张开嘴巴的时候还是挺吓人的。特别是，河马如果无意间翻滚的话，会把船弄翻。因此，在行船的时候如果看到了河马，就得特别留心；因为河马竟然是在记录里伤人最多的非洲动物。

在非洲的河湖里，隐藏着很多意外的惊喜，但也隐藏着很多危机，因为很多的河湖里都是有鳄鱼的。而非洲的鳄鱼和美洲的鳄鱼不太一样，美洲的鳄鱼的嘴和尾是比较长的，而非洲的鳄鱼就跟史前巨鳄一样，嘴巴非常宽大，体形也比较大。

在非洲的河、湖、沼泽地区，有很多鳄鱼。也正是因为当地的鳄鱼太多了，有时候会危害到居民，还会威胁到其他野生动物的生存，所以当地政府允许居民在有数量限制的情形下捕杀鳄鱼，然后制作成标本。

▲ 看当地人做鳄鱼标本

制作鳄鱼标本是他们的一种传统技艺，他们倒不是用鳄鱼皮来做皮带、皮衣或皮鞋。当然，政府允许他们捕杀鳄鱼，也是为了让他们把这种传统的标本制作工艺传承下去。

"你们在做标本吗？"我问一个当地人。

"是的。天气太热了，有的鳄鱼就热死了，我们便拿来做标本。看，这只鳄鱼就是热死的。"

"你先要把肉弄出来是吗？"

"是的。"

他们在鳄鱼皮里面放进黏土、报纸、石膏，最后再缝起来。不过，报纸只放在胃那个地方，其他地方都用黏土。现在看它的假眼睛，还是那么可怕，跟活的一样呀！

难忘的夜晚舞会

还没有走出鳄鱼标本的制作作坊，我就被外面叮叮咚咚的音乐声给吸引住了，原来村里有一群姑娘正在进行舞蹈表演。喜欢跳舞的我，也在非洲姑娘们面前大秀了一把舞技。

因为在这种野生动物聚集的地方，有很多来自世界各地的游客，所以他们会特别安排展现一些当地的民族舞蹈。他们拿着很奇特的瓠瓜木琴，敲出古老传统的节奏，"叮叮咚咚"，非常好听。当然了，我也加入到行列当中，跟他们一起跳。

▲ 和当地人一起跳舞

我注意到，在非洲东部和北部，当地人的舞蹈主要采用简单的身体跳跃的方式来跳舞，而非洲南部的舞蹈则更加注重脚步的变换。

▲ 扮成牛的模样

白天的舞蹈只是开场秀，晚上才是盛大舞会的开始，我又一次感受到了非洲南部舞蹈的独特魅力。

就在这样一个漆黑的夜晚里面，我看到所有的村民都穿戴上跟野生动物有关的各种服饰，大到一只鳄鱼，小到一只蝴蝶，都被他们当做帽子、衣服或首饰穿戴在身上。然后，他们唱着传统的歌曲，踩着富有节奏的舞步，和着鼓声和乐声翩翩起舞。

这真是一个难忘的美妙夜晚。

有人说，非洲是黑暗大陆，可是我觉得，它的黑暗里面到处都藏着黑色的黄金，只要我们去细细品味，细细体会，就会发现无处不桃源的佳境。

25 / 亚非长颈族之旅

▲ 两个都以长脖子为美的民族

在南非的东北部和泰国的北部，都有以长脖子为美的民族。虽然这两个民族的居住地相隔甚远，但却同样以套在脖颈上的铜环为最具吸引力的装饰品。

我这一次旅行的目标，就是探寻这两个古老而又神秘的民族。

一到非洲，我就想是不是有机会去探访我魂牵梦绕的几个民族，这其中的一个便是"长颈族"。大多数人都只知道在我们亚洲中南半岛缅甸和泰国的交界处有"长颈族"，但根据有关的资料，我发现其实在非洲也有这样一个民族，并且它居然和亚洲的长颈族没有一点儿血缘关系，连人种都不同。因此，探寻长颈族成了我此次非洲之旅的一个非常重要的目标。

夹道欢迎我的非洲动物

在探寻长颈族的过程中，首先与我相遇的却是各种各样的野生动物，让我感觉在看一本动物的百科全书。

▲ 路上的孔雀雉

▲ 长有斑马纹的羚羊

▲ 凤头鹰

首先闯入我视线的是那些可爱的、大大的孔雀雉。这种鸟类常常在当地飞来飞去，有的时候土著人会把它们抓起来炖着吃，而它们的羽毛也成为当地土著人身上一种很重要的装饰。

不一会儿，我看到了一只叫做捻角羚（Kudu）的很大的公羚羊。最特别的是，它的身上有一些类似斑马纹的纹路。有趣的一幕发生了，这只公羚羊竟然开始追逐一只母羚羊。原来，这个时候正是它们的求偶季节。

接着，我看到了一只可爱的小瞪羚。小瞪羚非常警觉，因为它处于食物链里非常低的一层，常常被猛兽、猛禽袭击。

我一抬头，树上那是什么？太漂亮了，竟然是一只庄重而华丽的凤头鹰。它最特别之处便是头上那个被称为"冠羽"的羽毛，就像我们人类戴着头冠一样。

虽然我找的是长颈族，可是一路上野生动物不断地和我打招呼，好像在夹道欢迎我一样。

高超的编织技艺

慢慢地，我终于来到长颈族的居住地。我的心愿终于实现了！

走到村子里，我发现这一次的非洲之行和以往有所不同。

> **→ 知识点 ←**
>
> 非洲长颈族又叫恩德贝莱族。这个民族有着非常独特的装扮方式和色彩观，无论在服饰上还是房屋的装饰上，他们都喜欢用艳丽的色彩。

我首先看到一个妇女正在墙壁上涂泥巴。我想，这是个再平常不过的事情了，可是一转身，却发现他们每一栋房子都非常漂亮，上面都有非常精致的彩绘。这些彩绘的图案、线条以及整体造型结构，即使和世界顶尖的设计作品相比，都毫不逊色。恩德贝莱族人真是天生的建筑师、艺术家。

▲ 当地人独特的装扮方式和色彩观

在那位妇女的同意之下，我也毫不客气地跟她一起涂泥巴。

"你手里拿的是石头吗？"我问她。

"是的。"

　　她竟然用石头来抹平泥巴，并时刻注意墙的弧度、线条和平面是不是够美观。

　　整个村子里都是一幅忙碌的景象，有的人在编制工艺品，有的人在劳动，这便是他们的日常生活。

　　我很好奇：为什么有的妇女戴着很多脖子环，有的却只戴一两个，有的甚至没有戴？原来，铜环是妇女们盛装的一部分，象征着丈夫爱不爱她们。如果丈夫给妻子的聘金和结婚礼物只有一两个环，那表示他还不够爱她；如果丈夫给妻子十几二十个环，那代表丈夫很爱她，她会拼命地把环都戴在脖子上。

▲ 非洲妇女的装饰

▲ 一起串珠子

　　接下来我看到一位长颈妇女，她全身的装扮已经很吸引我了，可是她坐在那里串珠子的神情反而更为吸引我。

　　你看，她串得多漂亮！她穿的裙摆装饰便是用这些珠子串起来的，并且色彩也漂亮。

　　如果对艺术史有研究的话，你就会知道，非洲的珠艺编织（Bead work）是享誉全球的，在全世界各种民俗文化艺术史里面占有非常重要的地位。

　　我当然不会放弃这样一个好机会，也坐下来跟她学习串珠子。

　　我尝试了一下，发现串珠子挺不容

易的，因为你要记得每一个不同的路径和图案。

不过，她说我编得很好。

在我串珠子的过程中，陆续有人跑了过来在我脖子上也套了一些铜环。其实不为别的，就因为他们发现这个傻小子挺有意思的，来到村子里后，我这个人竟然喜欢他们所有的生活劳动形式，并主动地参与进去。

不过，戴着铜环进行工作确实有点困难。

附近的其他妇女，也陆陆续续过来给我戴这个戴那个。慢慢地，我完完全全变成长颈族人的模样了。

人与人的距离就这么无形中拉近了。

我之所以这么乐于跟大家分享这些经历，也是希望所有的旅行者或者对民俗文化有兴趣的朋友都能够有信心，而不要担心钱不够，或者旅行经验不足。其实这些都是次要的，最重要的是你的人格特质，即你要有亲和力，有虚心学习、尊重别人又热爱参与体验的态度。有了这些，你绝对会立刻赢得别人的友谊。

在学串珠子的时候，我还注意到在另外一家门口，有位妇女在地上似乎做着什么。原来，她在编织一个彩色的席子。并且，她还懂得废物利用。仔细看去，下面缠着棉线的类似纺锤的东西，居然是废弃的旧电池。

▲ 当地人在编织

那位妇女的脚上也套了铜环，所以她坐下去的时候有点困难。

在编织的过程中我发现，她的双脚就直直地伸着，直挺挺地坐在那里，一点儿都不累。这似乎是当地人坐在地上的一种最传统的方式。可是如果我们用这样的方式坐，可能坐不到 5 分钟腰就吃不消了。或许，他们在骨盆的体质结构上和我们有些不同吧，这也许也是许多非洲运动员能够在奥运会中取得傲人成绩的原因。

这位妇女不断地变换着手势，让不同颜色的棉线不断地搭配组合，赋予了席子非常丰富的色彩，这便是恩德贝莱族长颈族独一无二的编织工艺。

我也去学着编，不过一开始总是笨手笨脚的。后来我用心地看她编织，然后模仿，慢慢地，我的速度竟也越来越快，连那个长颈妇女都对我赞不绝口。

祭祀盛典

我的到访让这个村庄里的人特别高兴，他们特意邀请我参加一个很特殊的祭奠仪式——祭拜他们的祖先。据说，从来没有一个外人参加过他们这个古老的仪式，跟他们一起分享民俗的喜悦。

两个妇女吹着类似号角的长长的管子，奏起了悠扬的旋律，似乎是在宣布仪式开始了。

其他的妇女，则忙着打扮自己。当然，她们也不忘记帮我做最后一番装扮，让我看上去更像是他们长颈族的一员。

大家都整齐地穿戴上了全套长颈族服装，戴上了铜环，随后来到村子里面的小广场上。有的妇女坐在草地上，有的在一起又唱又跳。别看他们的舞步很单调，可是这其实是长颈族跟大自然巧妙学习的一部分。

→ **知识点** ←

铜环在长颈族的观念里，除了代表美以外，其实还有另外一层文化意义：在几千年前，当他们的老祖先来到非洲南部的这片大陆时，为了在与毒蛇猛兽搏斗时不被咬伤脖子，便用铜环把脖子保护起来。尤其是，戴上铜环，人们就好似总能吃到树顶最鲜嫩的叶子的长颈鹿一样，能够采集到更多的生活资源。

接下来，让人意想不到的一幕出现了：一位老先生和一位老太太过来了，他们便是祭司和巫婆。那位老太太，样貌看起来有点像男的，而那位老先生，围了一块兽皮，手上拿着由斑马皮做的盾牌和长矛。

他们的舞蹈融合着祖先的智慧，表现了后代子孙对于祖先的尊敬。跳了一段迎请祖灵的舞蹈之后，他们开始跟祖灵对话了：快来跟我们一起唱歌吧！快来跟我们一起跳舞吧！感谢你们带领我们来到这一片莽原，感谢你们教会我们农耕，让我们能够在这里生活。你们曾经的每个步伐都成为我们这些子孙后代能够安居乐业的重要渊源。

欣赏恩德贝莱族人的舞蹈就像是阅读这个族群悠久的历史。正当我沉浸在祭祀的舞蹈中时，祭奠仪式的另一个高潮来临了。

我看到，那位老太太在地上放了一些烟草，就好像我们点香和摆供品一样，欢迎祖先来享用。紧接着，那两位老者跳起了狂野的舞蹈，

▲ 狂野的舞蹈

动作幅度非常大。舞蹈的形式怎么和刚才的完全不同了呢？原来他们正在演绎祖先当时筚路蓝缕地来到这片大地，跟野兽搏斗时的痛苦煎熬和披荆斩棘地建起了恩德贝莱家园后的喜悦。他们也邀请我一起加入，一起去感受他们的祖先在非洲大地上曾经踏出的每一步生命的律动。

我很高兴走进了这个村子，也很高兴有机会贴近了这个民族的内心，尤其是贴近了他们的祖先和那一段古老历史。

"再见了，我的朋友们。"临走时，我内心里是满满的不舍。

亚洲长颈族

了解了非洲的长颈族之后，我听说泰国北部的湄宏顺也有一个长颈族，而这两个毫无血缘且地理位置相隔甚远的民族，却都喜欢用铜环来装扮自己的脖子。这两个长颈族到底有什么不一样的地方呢？我带着疑问，来到了泰缅长颈族所在的村落。

▲ 亚洲长颈族的妇女与孩子

　　这里的长颈族妇女们告诉我，在天气非常炎热的时候，她们要不断地扇扇子，或者直接跑到河里浸泡降温，不然会非常难受。这是因为，金属传热非常快，而她们戴的铜环最多可以到 25 个。

　　在当地，就连很小的小女孩也开始带铜环了。不过，并不是每一个小女孩都有这个荣誉。必须在月圆时出生，五岁时套上第一个铜环后绝对不能生病，也不能哭闹，这样的女孩才有资格续继戴一个又一个的铜环。

　　在他们的观念里，铜环是一种身份和地位的象征，是一种美。而铜环的总重量，可以达到 5 ～ 10 公斤。虽然佩戴这么沉重的铜环，她们还是要做日常生活中所有的家务事。

▲ 长颈族脖子上淤青的痕迹

> **▶ 知识点 ◀**
>
> 沉重的铜环使得长颈族妇女的肩胛被迫下降，这也正是她们的脖子看起来变长的原因。不少妇女由于长期戴着铜环，脖子周围伤痕累累。除了结婚和生产的时候，长颈族妇女很少把铜环取下来。

　　不过我发现，这些沉重的铜环并不影响长颈族妇女展现优美的舞姿。就在非常漂亮的茵莱湖旁边，我跟她们一起唱歌跳舞。

　　这时我才发现，她们之所以要把脖子撑得长长的，好像是因为她们要模仿漂亮的环颈雉鸡。而她们手上甩着的漂亮的彩巾，就好似环颈雉鸡五彩缤纷的羽毛一样。

长颈族妇女的舞蹈有时候是四个人跳，有时候是两个人跳，有时候要转圈。我只知道傻乎乎地跟着她们跳，完全不懂旋律，所以很容易踩错步伐。在这个互动过程中，笑声不断。这些长颈族妇女们脸上的笑容都因为我的参与而流露得那么的灿烂。

▲ 跟当地人一起跳舞

▲ 环颈雉鸡

每一个地方都有每一个地方的传统，我们旅行就是要深入这些不同的文化，用一颗宽容的心去欣赏、去尊重别人的美以及别人与我们的异与同。

这正是我一路行走中在努力学习的。

26 / 缅甸的梦幻路程

这里有梦境般的茵莱湖，湖水湛蓝，天水一色，人仿佛置身于水墨画中；这里有最神奇的风动石，巨石闻风而动，屹立千年而不倒；这里有奇特的木偶戏和华丽的宫廷舞，举手投足之间舞者眉目顾盼神飞；这里就是万塔之国——缅甸。请跟随我的脚步一起出发吧！

奇怪的缅甸风动石

如果要问世界上最奇怪的石头在哪里，在看了全世界这么多的地方之后，我觉得当属缅甸的这一颗风动石。为什么说它是世界上最奇怪的石头呢？因为它与悬崖之间的接触点非常小，却不会掉下去；甚至你去推的时候，它还会微微地摇摆。因此，它也被称为"摇摆石"或者"飞来石"。

▲ 风动石

在缅甸东南部的孟邦，有很多非常特别的山石。它们没有任何特别的着力点或者黏着点，却能够屹立不倒，有的推都推不动，有的则会摇摆不定。这其中，最特别的当属风动石。

▲ 贴金箔

▲ 风动石下面被卷成支架的钞票

来到风动石这里进行朝拜，可以说是每一个缅甸人心中最大的愿望。根据当地的传统，只要每年来这里朝拜三次，财运就会降临。只不过，传统规定只有男士可以接近风动石，女士被严格禁止，这也是他们必须遵守的原则。

在风动石的表面，许多虔诚的信徒们会将薄薄的金箔贴上去，以表示崇敬。当地人都认为，在这里许愿是十分灵验的。

另外，有些民众会把钞票卷成小卷顶在风动石和悬崖之间，把自己的心意奉献给这块石头，寓意支持、支撑。那些不能接近石头的妇女，则会拜托其他的男士把自己的心愿通过金箔和卷起来的钞票带给这块石头。

缅甸被称为万塔之国，这里 80% 以上的民众都信奉佛教，很多人一生最大的心愿就是能够把自己辛苦所得的积蓄捐出去建造一座佛塔。远近闻名的风动石对于缅甸人来说，是一生中必须要去的一个地方。

　　虔诚的佛教徒在风动石上面盖了一个 5 米高的剑堤幽佛塔。这让我更加百思不得其解了：这块石头看起来似乎快要从悬崖上掉下去了，工人们怎么能还够爬到顶端来施工？施工的时候，工人难道不会害怕吗？特别是在上面盖一个石塔，更会增加风动石的重量，但是这一切居然都没有影响风动石的稳固性。这就更加让缅甸民众世世代代坚信，风动石就是他们信仰中永恒的圣地。

　　当地的民众还告诉我，如果蹲下来看，会发现这块巨大的风动石和它底下的悬崖之间其实是有一点点的距离的。他们说，有人曾经让一条细线从石头的底部通过，这就更加让人坚信它的奇特了。除了风动石外，这个地方竟然还有许多其他类似的石头，你怎么推、怎么拽都没有用，它们都不会掉下来；甚至大家深信只要用手摸着它们来许愿，就可以实现愿望、美梦成真。

如梦茵莱湖

　　如果说风动石可以让人美梦成真，那么茵莱湖则仿佛能让人轻松进入梦境，难怪也有人称茵莱湖为"梦湖"、"奇幻湖"，传说此湖是"湖之仙子"茵撒斯的家。目前湖上有 200 多个水上村庄，彼此间水道相通。畅游在茵莱湖上，只见湖水湛蓝，天水一色，浩瀚无边，仿佛置身于画中，正所谓"玉鉴琼田三万顷，着我扁舟一叶"。

知识点

> 茵莱湖位在缅甸东支大约 30 公里处，它是所有缅甸人心中的明珠，连这
> 里的人都被称为"湖之仙子"。茵莱湖海拔 1300 米左右，气候非常凉爽。

在一个清晨，我坐着快艇船畅游在湖面上，风吹过来真的是舒畅
极了。特别是在湖天一色中，那种亮丽、清新、透明的感觉，真的可
以洗涤一切烦恼。

茵莱湖上有个好像大门的建筑，其实那就是所谓的"水上村落"
的入口。这里河道纵横，湖面上坐落着一个个小村庄。

▲ "水上村落"的入口

▲ 渔夫用单脚划船

我看到一叶扁舟正贴着湖面向
前行进，那船夫真是太特别了。这
些住在湖面上的茵撒斯人最擅长捕
鱼，而他们单脚划船的技巧，更是
全世界独一无二，真的让我看得目
瞪口呆。

我实在被渔民们高超的划船技
巧给吸引了，于是在船夫的应允之
下，我终于爬到了他的船上，无外
乎是想试着撒撒网，并特别尝试一
下如何把一叶扁舟用脚划得那么自
在。可是很显然，我是个又笨又蠢、
全然失败的小船夫。

和船夫学习了他们的捕鱼撒网及用脚划船的技巧之后，我又回到了快艇上。

太阳已经慢慢升起来了，视野一下子变得辽阔起来。整个湖面真的只能用两个词来形容，那就是湖光山色，美不胜收。

这个时候，我发现有一群朋友过来了，它们是美丽优雅的海鸥。没有想到茵莱湖的海鸥也非常有特色，它们会跟着我们的船"赛跑"。"赛跑"的目的是什么呢？原来它们是觊觎我手上的食物。于是我站在船头，把小小的薯条往空中丢。我发现它们接得精准无比，没有一根薯条掉到湖里，全部都被海鸥接了个正着。有海鸥相伴，我也好想长一对翅膀，开心地跟它们飞翔在这美丽的茵莱湖上。

体验农村生活

缅甸的蔬菜种植有一大特色——空心菜栽在水里。

接下来，我很快又跟缅甸的菜农打成一片。我开始贪玩地扮小贩、浇菜地、做椰浆饭，每一样活儿我都没有错过。一番训练之后，我几乎已经快成为一个专业菜农了。

正当茵莱湖的美以及船夫奇特的划船方式还在我的脑海中挥之不去之时，眼前又有新鲜奇特的景物吸引了我。咦，这边的湖面怎么绿油油的一片？询问之下我才知道，那是缅甸当地的空心菜。在我的印象里，空心菜不都是种在泥土里的吗？这里的空心菜怎么会种在水里呢？

▲ 当地菜农在采摘空心菜

▲ 我尝试为菜地浇水

那些可爱的船夫们，每天早上会例行来到这里采集空心菜，然后把它们捆起来，扛到市街上去贩卖。我也接过来扛一扛，却发现虽然每一根空心菜都很轻，但是大把空心菜捆起来之后还真的是很沉。

在空心菜田旁边的陆地上，我看到了其他的农作物。

"这个是什么菜？菜花？"我问一位农妇。

"对，是菜花。"她回答道。

"你在锄草吗？"

"是的，在锄草。"

当地的农民发明了一种很特别的浇灌方式，一次可以浇两排，这倒是一个聪明的设计。在这里，他们对我似乎有一种莫名的亲切感，这让我的缅甸之行充满了许多小小的但又永远难忘的乐趣。

"腰要直一点！对！腰要直一点。"当我尝试着为农作物浇水时，菜地的主人提醒我。

在田里，我忽然听到一个非常特别的声音。仔细听听，那个妇人在叫什么呢？我对于她的叫卖声特别感兴趣，而她发的那个"猫"啊"喵"的音，还真的不太好发。我试了好几遍，还是支支吾吾的，发得不清楚，可是旁边的华侨告诉我说："他们讲你已经出师了，你可以到集市上去

▲ 我在学习兜售头顶的东西

▲ 我和妇人一起做椰浆饭

卖东西了。"

然后我就一边叫卖着，一边朝着田地里正在忙碌的菜农走去——我改做生意了："卖东西啦，卖东西啦。你好，你买东西吗？"看到这一幕，大家全都笑成一团。

那些农民都在一个小草棚下面休息，我和那个妇人也钻了进去。当然，我也想看看他们在田边会吃什么。那个妇人拿了一个很特别的刮子，一直在刮一个半圆形的东西。对了，那正是椰子。他们最爱吃的就是椰浆饭，椰浆饭里面放的是椰丝和糯米。于是，我和那个妇人一起做他们最可口的佳肴，那椰浆饭，吃起来还真的是香香甜甜的。

学习缅甸皮影戏与宫廷舞蹈

体验完了缅甸的农村生活，我赶快找一找缅甸的音乐和舞蹈，一定还有很多值得我去探索了解的。

→ **知识点** ←

缅甸提线木偶艺术相当发达，来到缅甸就不能不看看著名的木偶戏。一个木偶身上少则有十几根提线，多则六十几根，操作起来难度相当大。提线木偶是缅甸民间艺人的一大绝活，甚至缅甸的宫廷舞也从提线木偶中吸取了不少的动作。

缅甸的木偶戏有相当久的传统。在瓦城（Mandalay），我终于看了期盼已久的木偶戏。

在那里，我遇到了一位老朋友，他与妻子有非常多的木偶戏表演经验，他们不但会制作木偶，还会表演木偶戏，而且全都是祖传正统的缅甸木偶戏。

缅甸的木偶非常有讲究，它们经过精细木刻的每一只手、每一只脚、每一个关节不仅都可以灵活地运动以外，最重要的是它的眼睛、嘴巴、头，甚至它的脚丫子，都可以进行360度的自由转动。由于八年前我早就来过这里，跟那位大师颇有交情，所以他特许只有我可以登上舞台，跟他一起表演木偶戏。

▲ 我和朋友夫妇一起表演木偶戏

表演的时候，要特别注意十只手指头下面那十几条复杂的线，因为每一根线都牵连着木偶的某一个关节。练习了十几分钟，我感觉缅甸的木偶戏实在太难了。我常常是注意了这根线，就忘了那根线；它的手抬起来了，脚又掉下去了；刚把裙带提高，结果头又沉下去了。

就这样胡乱地表演着，我完全摸不着头绪。

不过，我倒是发现了一个很有趣的事，缅甸宫廷里面所表演的最传统的舞蹈，竟然和木偶戏有着不可分割的关联：每一位舞者，无论是男的还是女的，他们跳起舞来都像刚才我摆弄的木偶。他们的肩膀会提高，他们的双手好像也扯了一根线一样，会晃来摆去的。尤其是女舞者的双脚，必须像木偶的提线方式一样，把脚后跟提高，然后白色的裙子就能够左翻右飞，前卷后盖。

舞蹈一开始，我就注意到舞台上有一位耀眼的女明星。仔细看看，她跳得多好啊！一举手、一投足、一抬眼，尤其是她的脚跟甩得，更像是一只飞在天空的燕子，那么轻盈典雅，那么高贵可爱。

我也恳求他们，是不是能给我这个远方的访客一次机会，让我也加入他们的宫廷舞行列来表演一番，体会一下。

他们欣然答应了。很快，那群

▲ 缅甸宫廷舞蹈华丽典雅

热心的舞者开始帮我打扮起来。穿上缅甸特色的织锦彩绣华服，戴上亮丽的金银宝玉装饰，我颇有几分古代宫廷御用舞者的神韵。整体穿戴完成之后，表演终于开始了。

我细细看着前面那一对男女舞者怎么样来表演双人舞，站在我身边的那位优秀的女舞者也跟我一起等着。终于轮到我们这一对了，但她却总是笑得合不拢嘴，好几度都几乎笑到捧着肚子快要跳不下去啦！

27 / 喜马拉雅山下的村庄

在喜马拉雅山南麓的尼泊尔境内，有一个叫做易秋特的小村庄。它没有奇特的民俗风情，也没有让人叹为观止的神秘古迹，但这里却是我20多年旅行生涯中最为温馨的一站。

17年前，一次偶然的机会我来到了易秋特，并认识了摩汉一家。村庄的宁静优雅和村民的善良朴实，让旅行了上百个国家，造访了无数圣地的我依然深深感动。17年后，我再次回到这个村庄，续写与易秋特小村的不解之缘。

> **→ 知识点 ←**
>
> 喜马拉雅山脉是世界海拔最高的山脉，它耸立在我国青藏高原南缘，分布在中国和巴基斯坦、印度、尼泊尔和不丹等国境内，主要部分在中国西藏和尼泊尔的交接处。它西起青藏高原西南部的南迦帕尔巴特峰（北纬35°14'21'，东经74°35'24"，海拔8125米），东至雅鲁藏布江急转弯处的南迦巴瓦峰（北纬29°37'51"，东经95°03'31"，海拔7756米），全长2450公里，宽200～350公里。主峰珠穆朗玛海拔高度8844.43米。

来到喜马拉雅山的南麓，走进尼泊尔境内易秋特这个小村子，我感到非常亲切。当地的人民十分友善，走在路上都会和我打招呼。路边的小孩，更是转着灵活的大眼睛盯着我看。他们非常热情好客，看到一个陌生人从很远的地方来，就会拉着他到自己家坐坐。因此，无论你走到哪里，都可以闻到浓浓的乡土味，都可以体验十足的人情味。

达山节荡秋千

对于这种亲切的乡土感觉，我并不陌生，就像第一次来到易秋特时一样，我仍然投宿在老朋友摩汉的家中。摩汉的小儿子拉建达刚刚

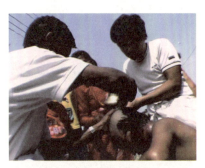
▲ 以"教父"的身份给少年剃头

准备要举行少男的"成年礼"，当年少不更事的小男孩已经长成了一个帅气的小伙子。成年礼最关键的环节是给参加成年礼的少年剃头，一般都由少年的父亲来进行，而我也很荣幸地以"教父"的身份参加了这个庄重的传统仪式。

有人说，尼泊尔人一年中有 1/3 的时间是在节庆中度过的。这一次我不仅赶上了拉建达的成年礼，还碰上了尼泊尔热闹非凡的达山节。

达山节热闹的气氛到底是什么样子呢？原来就像过年一样。他们会在这个节日里吃肉，穿漂亮的衣服。最有代表性的是，达山节里面还有一个荡秋千的仪式，这也是凝聚所有民众最欢乐的时刻。

要荡好他们的竹秋千还真是不容易，因为竹子是有弹性的，所以

当你很卖力地摇摆晃荡的时候其实非常危险。你不但要荡得高，还要荡得稳，不然整个秋千架会被你扯倒，自己也可能摔成重伤。

▲ 尼泊尔达山节荡秋千

映着蓝天，荡起这样的秋千，真的是非常有意思。而这秋千所象征的，就是稻子在十月成熟之后那稻浪摆动的样子。丰收的稻子就像秋千一样在摆荡，那沉重的稻穗如同秋千在我们的脚下一前一后，一前一后地摇晃。

孩子们在秋千上欢快地飞腾，我也从这份简单的快乐中感受到了尼泊尔人对于丰收的喜悦。

尼泊尔收割稻子

而在过年前夕，就是他们收割农忙的时候。放眼望去，许多民众都在田里干活，我也就自然地加入了他们收割稻子的行列。

10 月正是尼泊尔稻谷成熟的季节，摩汉一家很早就来到了田地里。收割稻子对于从小在都市里长大的我来说，也是一次非常难得的农村生活体验。

我立志要习，要学着当一位喜马拉雅山的农民，第一步就是要学习扛打谷机。这可真是不简单，才试扛了一小段路我就知道它好重好重。

我这才发现，他们连背东西的方式都跟我们不一样：他们将一个

▲ 我也扛起了打谷机

由麻绳编的带子套在额头前，让额头来受力。额头、颈部和背部一起使劲儿，走起路来便不再那么费力了。尼泊尔农村的传统智慧在他们背打谷机的技巧上得到了充分的体现。

女主人拿了块磨刀石，在那里霍霍地磨刀，似乎要准备割稻子了。大家都非常亲切，虽然语言不通，可是都待我如家人一样。

我发现他们有一种很好的传统，就是只要有一个家庭的田地需要收割了，附近所有的邻居、村民都会过来齐心协力地帮忙。

更有意思的是，我还发现了好几位工人，他们在每年的这个月份都会远从几十公里外的村子来这里帮忙，从来不需要约定，也从来没有人爽约。

而在割稻的时候，当地的农民一再教我，应该怎么样才是正确的方法。难怪我一开始割的时候非常吃力，抓起一把稻子往下割，似乎不太容易割断。他们教我要把稻子的根部抓紧、扯牢，然后一闪，横切过去。慢慢地我也就得心应手，成为了一个还不错的农夫。

此外，在劳动的过程中，我总

▲ 我学会了割稻子

被这里绚丽多彩的"颜色"所吸引。原本大自然调色调得就已经很美了：蓝蓝的天映着黄澄澄的稻谷；特别是还有人文的：这边妇女的服装都是以红色为主，而金色的耳环、鼻环、手镯、项链也都是绝对不会少的。因此，即使在务农时，她们也打扮得那么典雅雍容华贵，又如此协调自然。

在尼泊尔这样一个顶着大烈日的下午劳动，我非常愉悦地贴近了当地民众的生活。

收割的稻子已经成捆成捆地堆在了一边，接下来我们搬过来的打谷机就可以派上用场啦！我看到他们将脚踩在一个木板上，一上一下、一上一下，刚好脱粒机在旋转当中，让我们所握的稻米，不论正的、反的、上的、下的，都能够打谷脱粒，汇聚成他们辛苦耕耘的结晶。

▲ 大伙儿打谷脱粒的情景

我再一转头，看到我好朋友的太太正在那边把已经打下来的稻谷再进行筛检，让风把那些稻壳吹走，也把那些杂草吹掉。

▲ 筛稻子

真是一道美丽的风景线。

在田里面，大家有说有笑。他们忽然向不远处指去，那不是猴子吗？

是不是这些稻谷的香味把猴群给吸引来了呢？这里的人们都信仰印度教，不但不杀生，而且对动物都非常友善。猴子虽然不敢靠近，可是也没有人想要去把它们赶走。

在这里，人与万物的相处似乎有着一个非常微妙的平衡点。

忙碌了一上午，吃午饭的时间到了，大家坐在刚收割完的稻田里，主人则拿出了早为众人准备好的干粮：中午的聚餐开始了。一片香蕉叶上撒了一点炒饭和佐料，就是一顿午餐，虽然非常简单，但我却觉得比我吃过的任何一顿大餐都值得回味。

▲ 席地而坐吃午餐

我跟着一个工人躺到了草垛子上面，好像在享受日光浴一样。他们黝黑的皮肤映着阳光，非常鲜亮，轮廓清晰。这里的人好像都长得特别英俊、特别漂亮，也许是因为他们都有一颗非常善良质朴的心吧。

在旷野里面，虽然艳阳高照，晒得我们汗水直落，而且还有很多灰尘、稻壳、草屑在飞舞，有的甚至黏附到我脸上，钻进鼻孔里、耳朵里；但是我忘却了一切的烦恼，只觉得这真的是一次非常愉快的经历。我从来没想到，即使自己当个农夫，也可以跟他们笑得这么开心。

▲ 享受日光浴

对！正是他们把这份感觉无私地分享给了我。

经过了一整天的收割、打谷，我们要开始装袋了。我们把稻谷全部倒进大麻布袋里，一袋又一袋，然后拿针线把麻布袋缝好，密封起来，不能让稻谷漏啦。

大家都忙了一天，可是我没有看到一个人有倦容，而运粮的卡车早就在小路上等着我们了。我也帮他们搬，也再次学着用额头来扛这么重的谷包。终于，一袋袋的稻谷都装好了，车就要开了，我赶快跳上去，没想到没站好，差点摔了下去，大家都来救我，笑笑闹闹地玩成了一片。谁晓得我们还讲不上、听不懂彼此一句完整的话语呢！

车子摇摇晃晃地开动起来，行驶在坑坑洼洼的土石路上。我和大家扎堆挤在一起，你中有我，我中有你。阳光洒在每个人灿烂的笑脸上，车上洋溢着人们丰收的喜悦。虽然我已经累得腰都直不起来，但是劳动带来的这种快乐却远胜于仅仅简单地坐在农家乐小院里吃一顿农家饭。

参加山村婚礼

回到摩汉的家中，我发现摩汉的妻子已经做好了丰盛的晚餐来迎接忙碌了一天的人们。吃饭的时候，我还听到了一个让人兴奋的消息。

吃饭时，尼泊尔人和印度人一样，都是用手抓着吃，而且只能用右手。至于食材，我发现从北印度到尼泊尔，人们都非常地刻苦节俭。平常的日子，他们都吃不到肉，而只有在过年过节期间才偶尔吃得到我盘子里的鸡肉。

他们都是以素食为主，每个菜的味道好像都一样，因为他们喜欢放上咖喱，炒得咸咸的。在吃饭时，男人是具有优先权的。

摩汉和他的太太一边吃着饭，一边比手画脚地告诉我：他们有个亲戚就在这几天要结婚了。

我还得知，到现在为止，当地人结婚之前，新郎是没机会见新娘的，他们的婚姻直到目前为止还全部是由父母来包办决定的。可以想象，一名男子要娶一名女子，那将是多么特别的一件终身大事，可是他却根本不知道今天晚上要跟他入洞房的女子是谁。

> **→ 知识点 ←**
>
> 每年很多新人会选择在达山节前后举行婚礼。尼泊尔人普遍信仰印度教，他们的婚礼也和印度教有着密不可分的联系。

希望能了解更多的尼泊尔民风民俗，于是我一大早就赶到了新郎家。

婚礼开始了，那对新人首先要进行一个祭祀仪式。他们要双双跪在门口，由婆罗门的祭司在他们的额头上点上称为"提卡"的红点，这象征着娶这位姑娘进门能够为家庭带进来更多的财富。

▲ 洗毛巾

接着，新娘被带到对女人来说非常重要的厨房里。厨房是一个祭祀神明的地方，更是整个家庭的重心。新娘从厨房里出来的时候，要马上在门外洗一条代表湿婆神的黄色毛巾，这象征着这位新嫁进来的妇人会非常地勤劳，爱做家事。在洗毛巾的过程中，她的公公婆婆都会细细地看，看看这个女孩没有嫁过来之前到底会不会做家务。

紧接着，更有趣的事情发生了，有人端来了一个盆子，盆子里面杂乱地放了好多东西，这是要考验新娘和新郎能不能齐心协力，把那块祭祀用的石块找出来。当然，新郎可以找不到，但新娘一定要非常细心地在水里摸，也顾不得自己那漂亮的袖子都湿掉了。这个新娘长得漂亮，又能干，而且也很精明，她很快就找到了那个石块。我看到她的公公婆婆对她都非常满意。

在这一带，所有的妇女有一个很重要的义务，那就是要学习服从自己的丈夫，这可能跟我们不太一样。喜娘要端一个洗脚盆过来，让新娘为新郎洗脚，而新郎还有点腼腆害羞。他也很体贴自己的妻子，好像有点舍不得。可是，这是一个必需的程序。

▲ 摸石块

我看到，新娘把新郎的脚沾湿了水，然后又往自己的额头上洒水，这不仅象征着顺从，还象征着真心相爱。经过了这样的程序，整个家族就已经完全接纳了那位新娘。

▲ 为丈夫洗脚

▲ 向神明祈福

然后，他们就需要向神明去报告了。我看到有两个人各在一边挽着新娘，她们是谁呢？原来是新郎的两个妹妹。她们牵着新娘向一个湿婆神小神庙走去，大家伙儿也跟着往那儿走。一路上，我看到有一位老妈妈手上捧着叶子，叶子上有一种叫"普利"的饼，那些全是祭祀用的贡品。

我们走进小神庙里面，只听婆罗门祭司摇起了铃铛，告诉神明新人已经来了。

他们要点一点红色的粉，再燃起一个小油灯，象征着对神明的祝愿祈福，也希望能够把这一份福泽带回去，让这对新人能够永结同心、白头到老。

这两位新人，之前彼此不认识，也没有交往过，但是在尼泊尔，离婚率是非常非常得低，至于我所接触过的当地的夫妻，感情都非常好，彼此恩爱。不晓得是不是喜马拉雅山有一种奇特的磁场，让大家都能够永浴爱河？

次意外事故，我跌入炭火滚滚的火池，被重二度灼伤；一次奇特的祭祀仪式，又让我在白雪皑皑的冬夜，经历了冰火两重天的考验；一次大胆的尝试，又让我经受了手掌被钢钉刺穿的痛苦，但也赢得了当地人的尊重……

20 年的旅行生涯中，我经历过不少意外事件，但这一切并没有动摇自己环游世界的决心。接下来，我将为大家讲述旅行生涯中曾经发生的几个危险故事。

在旅行当中，难免会有一些危险。特别是我们通常要探索不同的文化、不同的部落，但由于文化传统、思想观念的落差和不同，我们就会觉得有些事情太危险了，太不可思议了。

每一个行者，都要面对旅途中的各种危机。这些危机，并不只是担心被骗、被偷、被抢，而是指文化落差上的冲突，一直到各种可能的意外事故。

双脚被重二度灼伤

2004年的11月，我参加了印度东南角塔密尔省特有的印度教节庆，这原本是件高兴的事情，但却意外演变为了我整个人生旅途当中最痛苦的一次旅行，因为那一次我不但不能继续旅行了，而且还是被抬着回来的。这一段痛苦的经历源自于一场让我不太敢回首的过火仪式。

在参加印度过火仪式前，我已经参加过很多不同的过火仪式，积累了一些经验。

十多年前，我到台湾的宜兰头城乡，当地人正好在二结王公庙举行过火仪式。在过火的过程中，他们会把炭火堆得高高的，而不像印度教的教徒那样把火炭铲得平平的。在庙方还有当地工作人员的首肯之下，我也把鞋子脱掉，跟着当地民众一起过火。过火之后，我发现火炭还真的是挺烫的，不过脚底却只有点黑黑的炭的颜色，竟然毫发无伤。

有了在台湾的经历之后，我也跃跃欲试地来到了印度过火节的现场。在现场，我边细心观看，边拍摄记录。当然我也试着询问工作人员，我身为一个外国人，有着不同的宗教信仰，是否也可以呢？他们就跟我讲，那得先到后面的祭坛去唱歌、击鼓、拍手、祈福，头上再点上红红的祈福点，最后手上再拿一根挂满圣叶的树枝去祈福，以求神灵保

▲ 过火前的祈福

佑自己能安然通过炭火。

其实那个炭火从下午就开始烧了。那盛大的仪式，即将在半夜开始。在炭火池的旁边，有一个小水池，里面装的是牛奶。我从来没有见过哪一个国家或地区的过火仪式上，居然会一次性有超过 5000 人陆续鱼贯过火。即便是每个人都在很短的时间内过去，也要一直过到天亮，到早上九十点才能过完。

大家一定非常好奇，为什么有这么多的人要在那里排队等着过火，等着接受身心灵的煎熬呢？事实上，在塔密尔省的传统里，人们认为在月圆的时候过了火，就代表把不好的东西都赶走，也就是我们通常所说的消灾解厄。

▲ 正在排队等候过火的印度民众

> **知识点** ←

有些西方学者在研究过火节的时候，也很好奇：为什么炭火的温度这么高，可是那些过火的人却极少受伤呢？他们发现，好像在人体大脑里有一种叫 NUM 的能量，当人的信念达到某一种程度的时候，这种能量就会被激发出来，并与炭火的某些波长的能量相吻合，因此不会受伤。

也有人在过火之后，跳起湿婆神的舞步。湿婆神是他们的"舞蹈之神"，整个舞蹈象征着当地人尊敬他们最敬仰的神明。

当地习俗规定所有过火的民众都是男的，女士是不准过火的。在整个仪式结束的时候，只准女士拿着她们的纱丽——她们的衣服，在火堆上面烤一烤，或者绕着火圈走一走。

在经过他们的同意之后，我就依照他们的顺序开始排队。在我过

▲ 我过火时的情景

火的时候，其实民众十分惊叹，正因为我过的速度很慢。可是，速度越慢就越烫，以致后来我觉得温度甚高，刚走完就着急地跳入盛满牛奶的水池里面。

顺利通过之后，我就感到很奇怪，怎么我的脚都没有受伤？我非常兴奋，自己的勇气也得到了当地人的尊重。

祭司特许我从看台上来到火堆旁，近距离地进行拍摄。可是没想到正是在接下来的拍摄中，我遭遇了20年旅行生涯中最痛苦的一次意外。

我下去拍摄的时候，依然赤着脚。当时他们刚好在整理火堆，可是后面排队的人并不知道前面的队伍已经暂时停止了过火，因为队伍实在太长了。这个时候，后面的人就一个推一个，结果我就不小心被推到火堆里面去了。我身上背着背包，手上拿着摄影机，里面有我拍摄的很多重要的录像带，所以我就死撑着，硬是稳稳地双脚站在火堆上面，死也不肯倒下去。可是那正是刚刚烧起来的最烫的炭火，我的脚就好像被烙铁烙了一样嗞嗞直响，我更是撕心裂肺地疼痛。等到我跳出去的时候，我的双脚早已经是重二度灼伤的惨状了。

脚底被烫伤，尤其还是重二度灼伤，实在是一种很痛苦的煎熬。

这也是我旅行 20 多年来，遇到的
最惨痛的一次经历，既不能站，更
不能走。

旁边的那些印度妇女，赶忙帮
我泡了冰水，可是我还是感觉自己
像踩在哪吒三太子的风火轮上面一
样，一阵烈火攻心、骨软肉酥，然

▲ 被烫伤的双脚

后烧得每一寸肌肤、每一个毛孔都在"冒烟"。这样的痛苦，实在是一
个相当大的考验。

可是接下来的旅程该怎么办呢？伤在脚，我也没办法走路了，甚
至连搭飞机回家也不可能。我赶快找保险公司的海外急难救助，然后
我就被直接送到了医院的急诊室。

回到台湾后，我住到了台北马偕医院的烧烫伤中心，足足住了 17 天。

几天后，当医生来帮我换药的时候，他决定把我脚底板的那层皮
直接剥掉，以便于让新肉长出来。大家可以想象，十指连心呐，而且
那皮虽然被烧伤了，可是还是有感觉的。自己肌肤的皮肉被剥离的那
一瞬间，便是旅行所付出的危险代价里最为痛苦的具体写照。

让钢管刺穿脸颊

尽管有了这样一次危险的经历，但是我对旅途中各种具有挑战性
的事物还是乐此不疲。泰国普吉岛的百姓每年都会用一种特殊的方式

来为民众祈福，喜欢尝试的我又一次挑战了自己的极限。

在大多数情况下，我并不知道摆在眼前的就是危险，所以我还真的很庆幸自己能够化险为夷。让我们把时间拉到 2007 年的农历九月一日。

每年的农历九月一日到九日是泰国传统的九皇斋节，泰国普吉岛的所有民众都会开展各种祭典仪式，其中最特别的就是他们会用针穿过自己的面颊，以此向他们敬仰的神灵祈福。

▲ 用针穿过自己的面颊的乩童

那一天，虽然下着雨，可是所有的乩童（指神明与人或鬼魂与人之间的媒介）还是非常卖力地进行着街头游行。无论是嘴里插着钢管的乩童，还是插着稻穗的乩童，都在为当地的民众祈福。身处这样的时空里，我心中真有着难以言喻的震撼和感动。

→ **知识点** ←

刺穿脸颊为民众祈福是九皇斋节庆中一项最著名的传统，被刺穿者必须有虔诚的为民祈福的心愿。在强大精神力量的支撑下，他们甚至不会感觉到痛苦。让人奇怪的是，取下这些礼器之后，大部分人不会流血，并且伤口愈合得很快，也不会留下疤痕。

在人们虔诚心愿的感召下，我也勇敢地挑战了这项传统。

在泰国的九皇盛会里面，除了穿脸、用炮来炸神轿以外，其实有好多民俗活动跟我国的非常类似。原来，当地曾经有一场非常人的瘟疫，

▲ 被钢管穿透脸颊

▲ 当地人也舞龙

死了很多人，而令当地人惊讶的是：一个来自我国福建剧团里的人都没生病，于是他们"发现"，中国人拜的神明好像比较灵。因此，在整个泰国的九皇盛会里，你会非常惊讶地看到，当地人拜的都是中国神，并把中国的一些传统也融合进来了。

有一个小女孩让我印象最为深刻，因为我发现她有异于一般孩童的冷静。她被人用手高高举起，却站得非常稳。后来我也试着举她，逗着跟她玩，可不管谁举她，她都很认真，站得四平八稳。这是我在庙会里面观察到的一个很特别的现象。

此外我跟着游行的队伍一路走着，又让经历了一段永生难忘的体验：当时我看到有一群赤着膀子的乩童正抬着一顶神轿，就跟他们比手画脚地说可不可以让我也来抬抬看，结果那位轿班的头儿很大方地就把我拉到了他们的队伍中。

在旅行的过程中，我深深地感受到：碰到节庆的时候，好像每个人都敞开了心扉，变得特别地热情，特别地开朗，因此这正是我们千方百计融入当地社会的最佳时机。

▲ 有人来炸我们的神轿

我就跟着队伍往前走，完全不知道接下来要发生什么事情。我看到他们在那边指挥来指挥去，有人还拿了一个黄色的毛巾盖在了我头上。我不晓得他们准备干什么，就问他们，我还在拍摄，怎么把我的头给挡起来了呢？原来，当队伍在路中间游行的时候，会有一个很特别的仪式，那就是附近的民众会纷纷拿着长串的鞭炮来炸我们。一阵"噼里啪啦"之后，我掀开毛巾，发现自己的头发已经乱成一团"鸡窝"，人也被炸得头晕脑涨的。

接着有趣的事情发生了，我又被其他的轿班拉了过去，他们说那边的鞭炮炸得更厉害、更猛烈，而且理直气壮地跟我说，我炸了其他人的神轿，那也一定要跟着炸他们的。这么一来到最后，我总共被"炸"了十几个轿子。虽然当时我只穿着一条短裤，但一顿鞭炮炸下来，倒也没受什么伤，只是心里老犯嘀咕：我又不是乩童，为什么算算整个游行仪式里，我被炸得最多了呀！

经历冰与火的考验

在日本岩手县的黑石寺，在农历正月初6的凌晨，零下20多度的天气中，我跟当地民众一起参加那里的"苏民祭"。除了要经受严酷低温的考验，我还要忍受烈火的熏烤——每个人都要爬上两三米高的火堆，为大家"邪扫"——扫除邪魔灾厄，祈求丰年。

无论在哪里，我从不拒绝任何一次获得新体验的机会。去印度旅行时，在没有任何防护措施的情况下，我跟成年孟加拉虎一起玩耍，把闻讯赶来的驯兽师吓了一大跳。就连让人退避三舍的毒王眼镜蛇，我也敢近距离地亲密接触。在我看来，敞开心扉，人和万物都可以成为朋友。

29/有多远走多远

　　带着大家"绕"了全世界一大圈，不知道你们是不是和我一样感到收获满满。在环游世界的过程中，我最深刻的体会就是：与其原地张望，不如就此启航。走到哪里，看到哪里，也就交流、体验并感动到哪里，有多远就走多远。这样一个简单的观念，竟然让我看到的世界跟你们不一样。有人说它是不一样的精彩、有人说它是不一样的奇幻，至少绝大部分的人都认为我看到的世界实在是不一样的好玩！

▲ 孤独行者

　　我希望自己不仅能"读万卷书，行万里路"，而且还要结交一万个朋友、体验一万种生活，再回来给大家讲一万个故事、发挥一万种创作。

　　虽然自己已经取得博士学位，但是我竟然出乎自己的意料之外地加选了一门学校没有开设的课——"自助旅行"，以走遍地球这种方式来继续选修人生在"读万卷书"之外的另一门"行万里路"课程。于

是我从 20 世纪 80 至 90 年代台湾最受瞩目的电视新闻主播和节目主
持人，摇身一变为随时皆可奔波在旅途中的孤独行者，我的人生也随
之发生了很大的变化。多年的旅行生涯确实让我尝遍了旅行四方的艰
难辛苦，但同时我也体会了旅行丰收感悟的快乐喜悦。

行者的使命

在本书第一章中我提到过，自己环游世界的原动力来自于瘫痪在
床 20 多年的母亲。你可能很难想象，虽然我的旅行有很多欢乐的片段

和幸福美好的回忆，但事实上
我跨出旅行的第一步是因为我
的母亲。简单地说，我今天看
到的世界之所以不同，正是因
为我旅行出发的起点——我妈
妈瘫痪的病床边。

▲ 我 20 岁生日时和姐姐扶起瘫痪的母亲

母亲因为那场台风引发的
洪灾以致生我之后便全身瘫痪了，我今天可以环游世界，而她一辈子
却只到过上海市和台北市，她最后的 24 年生命只局限在病床上。亲
眼目睹了母亲的病痛，暗暗下定决心：一定要环游世界，把自己看到
的故事讲给她听，对于那些她已经不能再欣赏的世界，我来代她欣赏，
我来代她实现她不能实现的梦想。

其实每一个人难免都有不同的牵绊和障碍，从而没有办法到世界

各地自由自在地旅行。我觉得，自己身为行者最重要的使命就应该是：用一份诚心和爱心，尽自己所能去凝聚一份份珍贵的影音视频资料，并透过自己的叙述，带着众生，也带着我的母亲，一起去旅行。

代替母亲看世界的愿望一直支撑着我环游世界的梦想。从赤道到两极，无论是热闹的狂欢节还是神秘的原始部落，都留下了我的足迹。

旅行中有收获

旅行就像生活的缩影，有时难免发生意外，有时也会处处感动。旅途中留下的心情和感悟都是我宝贵的财富。我相信，只要带着一颗敞开宽阔的心上路，就会有很多不一样的收获。

在环球旅行的生涯中，我遭遇过无数次意外，但我同样在旅行中练就了一种特殊的本领，那就是几乎每一次我都能很快地和素不相识的陌生人打成一片。关于这一点，最让我难以忘怀的便是发生在前往埃塞俄比亚和索马里途中的那次经历。

在非洲旅行是非常辛苦的，因为每次都要赶路，如果没有在天黑之前赶到下一个住宿的地方是非常危险的。特别是当我途经埃塞俄比亚、肯尼亚以及苏丹的交界，一路继续向索马里迈进时，谁能想象这里在世界上如此恶名昭彰的土匪和海盗，竟然让我给碰上了。他们先是过来把我们的车给挡住了，后来更是剑拔弩张；我的小司机师傅几乎已经确定我和他两人必死无疑，完全没有任何在挟持抢劫后还能逃命的可能。一开始他们的态度很凶，这也能够理解，只是我心里很难过，也很不甘心。为什么我默默自费用最艰苦的方式旅行记录世界，最后的下场却将是消失蒸发在这地球不知名的角落？扒光衣服、曝尸荒野，很快就会被非洲的动物啃得干干净净，不留一丝蛛丝马迹。果不其然，他们开始一板一眼地盘查并搜刮财物，可是当我拿出摄像机给他们看里面的影像时，他们越看越开心，后来还和我一起拍照，一起又蹦又

▲ 和当地土匪打成一片

跳踏起了当地传统的舞步。原本非常严肃凶狠的一群人，居然对我这个远方的行者这么善良而热情，好像一群孩子一样玩得不亦乐乎。

于是，在欢欢乐乐、平平安安的情形下，我顺利地通过了这个敏感的恐怖地带，继续自己的旅程。

这群新朋友们竟然还派了保镖持枪上车，一路把我护送到两公里外的安全区，自己再慢慢走回去。我的司机惊魂未定地说："本来担心这次死定了，没想到你还真有本事，跟他们这么快就建立了情谊；我还以为你们早就相识，只是到后来彼此才认出来呢！"

其实，只要跟他们亲切、热情地真诚交流，很多棘手的事情或许都能左右逢源、迎刃而解了。

旅行需要疯狂的尝试

此外，在旅行生涯中我还做过很多在别人看来有些疯狂的尝试。

▲ 与眼镜蛇翩翩起舞　　　　　▲ 与"巨无霸"乌龟亲密接触

比如说，在非洲的向日葵田地里，我就曾让6万多只蜜蜂停留在自己身上，为自己编织所谓的"蜂衣"；在喜马拉雅山区芦笛手的乐声中，我与眼镜蛇一起翩翩起舞；在南美洲的厄瓜多尔，我与世界上最大的"巨无霸"乌龟（Giant tortoise）亲密接触……

其中，让我印象最深刻的还是和一只老虎的奇妙相遇。那次抱老虎的经历算是我这一生中最经典的片段之一，因为这实在不能不让我联想到李安导演所拍摄的电影"少年派的奇幻漂流"真人版。不过这真不是我刻意安排，而是恰巧那时驯兽师去上厕所了，他没看见，而我背后五岁的成年大老虎自己用双掌把我搂抱了过去。

当它舔我的大腿时，我还淡定地跟老虎说："这个真的不能吃。"

那个驯兽师回来吓坏了，他说："你们中国人太大胆了吧！这只老虎在村里吃过十几个人，因为印度教不杀生所以送来这个寺庙里。你一定是哪个马戏团的吧？敢跟老虎抱成一块，它还舔你，并且它的爪子跟猫一样，居然全都没有伸出来。这真是太让我意外了！"

驯兽师还表示：他从来没跟老虎抱过；就算全世界顶级的马戏团

▲ 骑老虎

也没有驯兽师跟老虎这样惊人地拥抱表演过。接着，驯兽师还用力抓着我的手骂我："抱在地上打滚就算了！你居然还骑到它的背上！我看要不是拴着，它好像已经准备带你出去兜风了呢！"

我听着快笑岔了气。

2007 年，我的经历被台湾地区 2300 万的民众评选为"最让人羡慕的人生"。40 多年前，在母亲的病床边，我用画笔向她讲述外面的世界；40 多年后，我把自己的旅行点滴与大家分享。旅行可以是一种爱好，也可以是一种生活方式，更可以是一种高贵崇高的心情和态度。

所以，旅行不见得要去多么远，或者花多少钱，才证明你是一个行者。最重要的是你懂得珍惜周遭的点滴，就像我珍惜和母亲在一起的那一份小小的幸福一样。

至今，我几乎走遍了全世界，也很乐意把这份幸福分享给那些还没有机会出去看看的人。

20 年间周游全球让我领略了世界各地的风土人情，除了累积超过 5000 小时的影像资料之外，还搜集到超过 40000 件的藏品，大到三毛故居，小到一枚贝壳，林林总总，包罗万象，足够撑起一座中型博物馆。这诸多收藏一起记录了我作为行者别样而又丰富的人生。

刻骨铭心的钢钉

在漫漫旅途中，最令我刻骨铭心的收藏当然是来自菲律宾的那两枚钉穿我手心的钢钉。钉子横截面必须是四方形的，否则穿过手掌心的时候，连骨头都会裂开。钉帽和钉身不是焊在一起的，而是由整很粗的条不锈钢条所磨出来的。通常，

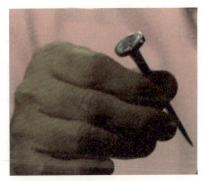

▲ 当时刺穿我手掌心的钢钉

一位许愿者要花一年的时间来磨这枚钉子。当时，这枚钉子就从我的手心穿过，而后从手背穿出，直接将我的双手钉在木质的十字架上。我带回来这两枚钉子已经有九年了，可是它们一点都没有生锈。最可贵的是，我每次看到这两枚钉子，就会想到菲律宾邦邦牙省那个叫古毒的小村子。

三毛的遗物

除了必须锻炼自己坚定的信心和勇气以外，我环游世界的另一大动力还来自于已故作家三毛的影响。

我们是极为知心的好朋友，也是极为投缘的忘年之交。每次在旅行的时候，我都有一种特别的感觉，好像是在接续她的脚步，完成她没有走完的旅途。

因为三毛的突然离世，我原本送给她的一件龙袍礼物最终却回到了自己手中，从而成为了一件别具意义的藏品。另外，没想到当年三毛送给我的她在旅行的时候所用的行李牌（上面写着三毛的本名陈平），以及三毛最爱的小熊等等，现在又跟着其他三毛的遗物回到她的故宅，让我至今还细心收藏着。

▲ 三毛最爱的小熊

撒哈拉的菊贝化石

在撒哈拉大沙漠，我拥有了自己年代最为久远的一件藏品。

撒哈拉沙漠大概形成于 500 万年前，原本是一片海。所以，在那里你会看到鲨鱼牙齿的化石等许多海洋生物的化石。当初在撒哈拉沙漠旅行时，我便碰巧捡到了一个叫做菊贝的化石。从表面来看，菊贝非常得普通，跟沙漠的颜色一样，可是把它剥开之后，你会像看到华丽的日出一样不觉惊叫出来："哇，怎么这么美！"

▲ 美丽的菊贝

原来，它里面有一个个很像鹦鹉螺的气室，气室由小次第变大。它原来是一个生物，死了以后，经过几百万年甚至上亿年的风化，里面充满了不同的矿物质，从而使它产生了不同的色泽，所以打开之后真的是美不胜收。

沙漠里面看似什么都没有，但其实它到处都孕育着生命，也孕育着各种令人惊叹之处。

日本遮光偶

我很喜欢探索神秘世界和未解之谜，也有很多相关的藏品。这些

令人惊讶和赞叹的收藏，便来自于我对神秘世界的不断探索和孜孜以
求。

在我个人的旅行收藏当中，我非常珍爱
日本古代绳纹陶时期的一个遮光偶。这个已
经有几千年历史的古董，一出土便震惊了日
本，也震惊了世界，因为它好像是一个奇特
的太空人，身上有很多螺旋的图案。更奇特
的是：这些大大小小遮光偶，每一个都带着
遮光的眼罩，像极了"太空人"。更准确地说，
他们更像是"外星人"。

▲ 日本遮光偶

英国占卜杖

我把人类很晚才发现的一些神秘现象概括称为"迟来的未解之
谜"，比如，秘鲁的纳兹卡线条和英国的麦田怪圈，人只有在飞机上才
能窥及这些神秘图案的全貌。而 2000 年到英国威尔特郡的麦田圈考
察时，我被一位英国女士所使用的探测工具给深深吸引住了，它叫做
dowsing rod，也就是所谓的"占卜杖"。

后来，我真收藏了两个占卜杖。它没有任何的机关，完全是自己
在转动，可以问它任何问题。

"请问摄像机在哪里？"

它一直在转动，好像在感应和侦测一样，然后慢慢地定位，最后

▲ 伏羲和女娲手中拿的东西

真的对准了摄影机的位置。

更有趣的是，两个占卜杖可以一起使用。通常人们提问的时候，如果答案为"是"的话，它们就会交错；答案是"否"的话，它们就分开。

"请问我是男的吗？"它们交错了，太神奇了！

我让它们重新归零，也就是让它们都朝向正前方，接着提问："请问我是在餐厅吗？"看，它们分开了，我没有在餐厅。

我曾经收录过一张图，图中伏羲和女娲手上拿的是什么东西呢？以前我们在上历史课的时候老师说是规和矩，但是现在仔细看看，是不是更加像"占卜杖"？

新几内亚石斧

在探险过程中，到氏族部落去体验纯粹的原生态生活也是很重要

▲ 当地人使用的斧头

的经历。在隶属于印尼的伊里安查亚岛屿上，还有一些停留在石器时代的原始部落，而我就在一个食人族的村寨里收集到了一些他们使用的生活器具。其中一件便是当地人使用的斧头，它是由非常坚硬的石头磨出来的。

在石器时代，因为没有铜铁等金属制的东西，所以他们需要切割的时候，就用这种石斧。他们耕种和建造房子时所需要的器具，都是用不同材质、不同形状的石头相互打磨出来的。所以，石器对于当地人来讲，是必不可少的生活器皿，更是他们老祖宗传下来的一种生活智慧。

你会想，像这样的原始部落，到现在还停留在石器时代，生活也是非常简单，他们应该不懂音乐吧？可是我告诉大家，他们真的懂音乐。他们有一种很特别的乐器，跟我国云南的口弦非常类似（纳西族、彝族都有这种口弦）。

▲ 口弦

可是在这么原始的社会里，他们是跟谁学做这种乐器的呢？居然是跟虫子学的。有根竹子被小虫子蛀了一个洞，风吹过来就会发出"呜呜"的声音，于是就诞生了笛子和萧。那个虫子很调皮，转了个弯，又继续蛀啊蛀，最后就蛀出了一个类似笛子中的簧片的东西，风吹过来又发出美妙的声音。 于是，当地人就学会了怎么制作口弦。

只见新几内亚西部伊里安查亚的一位老先生，他的嘴巴一吞一吐，就奏出了一段非常生动而奇妙的旋律——这就是折不扣的"口弦"，又叫"口簧琴"。

我在做文化音乐记录的过程中，发现 64 个部落民族都有不同的口弦。比如说我收藏的口弦有的来自于菲律宾的吕宋岛，它跟我们苗族、蒙古族和锡伯族以及欧洲的口弦都非常类似，都是采用拨弹的方式。另外一种以台湾赛德克族和泰雅族为代表的拉线式竹台口簧，这与日本北海道爱奴族、婆罗洲以及新几内亚的原始部落呈现的音乐演奏形式非常类似。

人类祖先一路走来，披荆斩棘、筚路蓝缕，在各地建立起了自己的社会。当他们能够解决温

▲ **我收集的各种口弦**

饱之后，慢慢地有了文化，有了典章，也有了音乐舞蹈。因此，到一个原始部落旅行，其实就像看一本活的远古历史画卷一样。

我们现在的人类文化虽然已经高度发展，有文字，有历史，更有科技，但有时候却反而会造成一些障碍：喜欢忽略掉那些我们没有办法具象化呈现和解释的东西——这些东西往往都需要用心灵去感应。

在环游世界的自助旅行当中，也在我们心灵世界的探索里，我相信每一位行者都会得到属于自己的那一份崭新的启发和成长。